KB078667

임영기 장편소설

FUSION FANTASTIC STORY

갓 오브 솔저

GOD OF SOLDIER

갓오브솔저 6

임영기 장편소설

초판 1쇄 찍은 날 § 2017년 5월 25일
초판 1쇄 펴낸 날 § 2017년 6월 1일

지은이 § 임영기
펴낸이 § 서경석

편집책임 § 이지연

펴낸곳 § 도서출판 청어람
등록번호 § 제387-1999-000006호
등록일자 § 1999. 5. 31
어람번호 § 제1-2706호

주소 § 경기도 부천시 부일로 483번길 40 서경B/D 3F (우) 14640
전화 § 032-656-4452   팩스 § 032-656-4453
http://www.chungeoram.com
E-mail § chungeorambook@daum.net

ISBN 979-11-04-91350-1 04810
ISBN 979-11-04-91179-8 (세트)

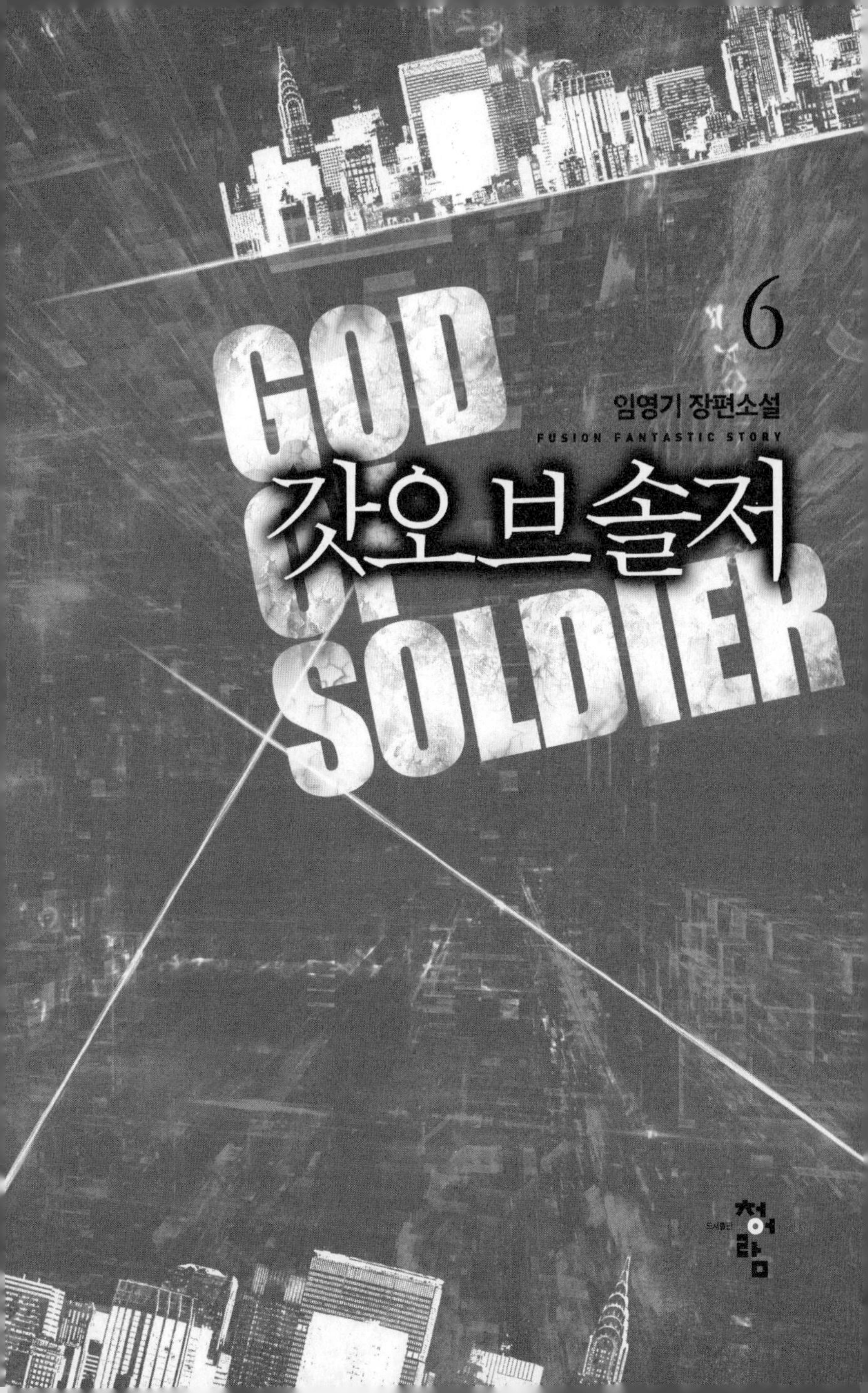
6
임영기 장편소설
FUSION FANTASTIC STORY
갓 오브 솔저
GOD OF SOLDIER
도서출판 청어람

Contents

제30장
이슈텐

호숫가에 서 있는 사람은 마쇼디크다.

하롬은 마쇼디크를 발견하는 순간 저절로 걸음이 멈춰졌다.

그는 마지막으로 만났던 다섯 달 전보다 더 커 보였다.

키나 체구가 커진 것이 아니라 그에게서 뿜어지는 기운이 예전보다 강해졌다.

하롬이 가장 존경하는 사람은 아버지 너지키라이지만 가장 두려운 존재는 마쇼디크다.

아버지에게는 두려움을 느끼지 않으나 마쇼디크는 단지 쳐다보는 것만으로 두려움 때문에 심장이 뛰었다.

마쇼디크의 심복 부하 중에 한 명인 페헤르가 그에게 하롬이 왔음을 알렸다.

하롬이 세 걸음 뒤에서 걸음을 멈추자 마쇼디크가 천천히 돌아섰다.

마쇼디크는 익숙한 미소로 하롬을 반겼다.

"하롬."

"마쇼디크 형님."

마쇼디크는 손을 내밀어 고개를 숙인 하롬의 머리에 얹었다.

이런 의식은 상전이 아랫사람에게 하는 행동이며 푈드빌라그에서는 특히 귀족 계급인 5위 렐레크부바르부터 여기에 해당한다.

"야위었구나."

마쇼디크는 머리에 얹었던 손으로 하롬의 뺨을 쓰다듬으며 다정하게 말했다.

아닌 게 아니라 하롬은 지난 몇 달 동안 대한민국 침공 계획을 세우고 여기저기 뛰어다니느라 밤잠을 설치면서 많이 야윈 게 사실이다.

하롬은 마쇼디크가 화를 내는 모습을 매우 드물게 봤다.

마쇼디크는 냉정함과 잔인함으로 푈드빌라그의 모든 엠베르들에게 공포의 대상이지만 늘 온화하고 부드러운 모습으로 일관하고 있다.

그래서 그게 더 무섭다.

마쇼디크는 하롬의 어깨에 팔을 두르고 자신의 옆에 세우고는 나란히 호수를 바라보았다.

"아버지께서 이곳을 나한테 맡기셨다."

"어쩌실 겁니까?"

마쇼디크는 캄캄한 호수를 응시했다.

호수에는 불빛조차 없지만 지하족인 엠베르의 눈에는 최소한 200~300m까진 환하게 잘 보였다.

"화산하고 지진 몇 개 더 터뜨리고 나서 한국을 중국의 제물로 던져줄 거다."

"제물이라뇨? 어떻게 말입니까?"

하롬이 긴장한 얼굴로 쳐다보자 마쇼디크의 입가에 흐릿한 미소가 떠올랐다.

"한국이 도발을 해서 중국하고 전쟁이 붙는 거지."

하롬의 예상이 맞았다.

마쇼디크는 한국과 중국을 싸우게 만들어서 양쪽 다 폐허로 만든 후에 손쉽게 어부지리를 얻으려는 음모를 꾸미고 있었다.

"그러면 복구하는 데 오래 걸립니다."

"네 계획도 마찬가지 아니냐?"

"저는 둘째 형님하고 다릅니다."

원래 하롬은 한국의 그다지 중요하지 않은 시골의 산 몇 개에 화산을 폭발시키고 소도시나 시골 마을에 지진을 일으켜서 혼란을 야기시키려고 했다.

거기에 엔젤그룹에서 생산하는 식수와 음료, 술에 독극물을 섞어서 한국인들을 대량으로 살상하는 계획을 병행했다.

하롬은 현 세계 킨트빌라그의 인간들하고 공생(共生)하는 것은 애초에 생각하지도 않았다.

되도록 많은 인간을 죽여놓은 다음에 현 세계를 장악하여 지배한다는 계획이다.

그래야지만 인간들이 이룩한 문명들을 그대로 물려받아서 혜택을 누릴 수 있기 때문이다.

그런데 마쇼디크는 인간의 문명 같은 것들은 생각하지 않는 것 같았다.

그는 현 세계의 모든 것을 괴멸시키려고 한다.

마쇼디크가 하롬의 어깨에서 손을 뗐다.

"너는 서울 근처 적당한 산에 대규모 화산을 터뜨려라."

"······."

하롬은 움찔 놀라 마쇼디크를 쳐다보았다.

마쇼디크는 뒷짐을 졌다.

"그리고 부산 앞바다에 큰 지진을 일으켜서 해일로 한국 남쪽을 쓸어버리자."

"마쇼디크 형님!"

"부탁하는 게 아니다."

마쇼디크의 말은 부드러웠지만 말의 내용까지 부드럽지는 않았다.

필드빌라그의 엠베르들도 문명이 있다.

30만 년 동안 그저 원시인이나 미개인처럼 살아온 것이 아니라 나름대로 진화하면서 문명을 발전시켜 왔다.

그래서 필드빌라그에도 전 지구에 걸쳐서 크고 작은 지하 도시들이 수백 개나 되고, 농사도 짓고 수렵을 하며, 가축을 기르기도 했다.

뿐만 아니라 체계적인 법질서와 의학, 과학 등이 독특한 모습으로 발전되어 왔다.

그 과학 중에서도 단연 괄목할 만한 분야가 화산과 지진인데 현 세계에서는 그것을 지질학이라고 한다.

하롬은 지질학에 대가다.

지저에 고여 있는 들끓는 마그마의 호수와 강들, 그리고 수만 갈래로 퍼져 있는 마그마의 실핏줄 같은 것들을 최초로 지도로 확립한 사람이 바로 하롬의 스승이고 그는 그것을 고스란히 물려받았다.

그리고 지저의 여러 대륙의 판들이 서로 얽혀 있으며 침강하고 융기하는 속도와 과정들을 세밀하게 분석하여 체계화시킨 사람 역시 하롬이었다.

그러므로 그가 마음만 먹으면 마그마의 흐름을 바꾸어 화산을 폭발시키거나 대륙의 판들의 이동속도를 빠르게 하거나 늦춰서 지진을 조작하는 것도 가능한 것이다.

현재 하롬은 대한민국의 문명을 파괴하지 않는 시골의 산세 개를 화산이 폭발할 수 있도록 만들어놓았으며, 두 곳에 진도 6~7 정도의 지진이 일어나도록 세팅해 두었다.

그런데 마쇼디크는 인구 천만 명 이상이 거주하고 있는 서울을 표적으로 삼고 있었다.

그리고 그는 그것을 한국에 대한 침공의 서막으로 삼으려고 한다.

강도는 마쇼디크를 직접 대하고 나서 그를 죽여야겠다는 원래의 생각을 확실하게 굳혔다.

하지만 그는 지금 정신만 하롬의 뇌로 왔기 때문에 직접 마쇼디크를 죽일 수 없다.

그를 죽이려면 하롬의 손을 빌려야만 한다.

아니, 순전히 하롬의 실력으로 죽여야 한다.

"다시 한 번 생각하십시오."

강도가 아닌 하롬이 마쇼디크에게 권고했다.

"3일 여유를 주겠다. 3일 동안 준비를 끝내라."

하롬의 권고는 씨도 먹히지 않았다.

결국 강도는 자신이 나서서 마쇼디크의 정신을 제압해야겠다고 마음먹었다.

강도가 하롬과 마쇼디크를 동시에 제압할 수는 없다.

마쇼디크를 제압하려면 하롬의 뇌에서 나가야만 한다.

둘 중에 하나를 고르라면 하롬이다.

하롬은 이미 강도를 디오라고 믿고 있으며, 대화를 해본 결과 그가 좀 더 상대하기 수월했다.

그러니까 마쇼디크를 죽이고 나서 강도는 다시 하롬의 정신을 제압하는 것이다.

결정 즉시 강도는 하롬에게서 빠져나와 마쇼디크의 뇌로 옮겨갔다.

"……."

그런데 마쇼디크의 뇌로 들어가려던 강도는 뭔가에 의해서 강하게 튕겨졌다.

아주 짧은 순간, 그의 정신이 허공에 있는데 마쇼디크가 번개같이 손을 뻗어 하롬의 어깨를 움켜잡았다.

"무슨 짓이냐?"

"앗!"

하롬은 마쇼디크가 어깨를 너무 억세게 잡아서 얼굴을 고통스럽게 일그러뜨렸다.

"왜 그러십니까, 마쇼디크 형님……!"

마쇼디크는 무서운 얼굴로 날카롭게 하롬을 쏘아보았다.

예상하지 않았던 상황에 강도는 조금 놀랐다.

강도는 자신이, 아니, 자신의 정신이 마쇼디크에게서 퉁겨질 줄은 전혀 예상하지 않았었다.

마쇼디크는 강도의 정신이 자신의 뇌로 잠입하는 것까지는 모르는 것 같은데 어쨌든 이상한 낌새를 눈치챘다.

같은 키치키라이인 하롬은 강도의 정신이 들어가고 나오는 것을 전혀 감지하지 못했다.

하롬과 마쇼디크가 같은 레벨이라면 이건 있을 수 없는 일이다.

'마쇼디크와 하롬은 다른 레벨인 건가?'

강도는 난감해졌다.

마쇼디크를 제압하지 못하면 서울 북한산이나 관악산에서 화산 대폭발과 대지진이 벌어지고 말 것이다.

디오인 강도가 일개 키치키라이인 마쇼디크를 제압하지 못한다는 것은 말이 되지 않는 일이다. 마쇼디크는 잠시 동안 하롬을 무섭게 쏘아보다가 얼굴이 점점 풀리더니 이윽고 그의 어깨를 놔주었다.

하롬은 인상을 쓰면서 어깨를 쓰다듬었다.

"으음… 무슨 일입니까?"

"아무것도 아니다. 내가 잠시 착각했던 것 같다. 많이 아팠느냐?"

마쇼디크는 평소의 온화한 얼굴로 하롬의 어깨를 어루만져
주었다.

마쇼디크는 방금 전에 하롬이 자신에게 무슨 짓을 했다고
느꼈는데 하롬을 살펴보고 나서 그게 아니라는 걸 알았다.

하롬은 방금 전에 마쇼디크의 얼굴이 무섭게 변하는 것과
그의 돌변한 행동을 그냥 넘기지 않았다.

'뭔가 있다.'

마쇼디크가 하롬의 어깨에 팔을 올리고 엠베르들의 임시
거처, 즉 군막으로 향하며 상냥하게 말했다.

"하롬, 오늘 나하고 한잔 마시자."

하롬은 무거운 마음으로 걸음을 옮겼다.

강도는 하롬의 머리로 들어가지 않고 조금 전에 마쇼디크에
게 하롬이 왔다는 사실을 알린 페헤르의 뇌로 잠입했다.

마쇼디크는 걸어가면서 유쾌하게 웃었다.

"하하하! 하롬아, 내가 누굴 데리고 왔는지 알면 깜짝 놀랄
거다."

하롬은 복잡한 생각에 잠겨 있어서 마쇼디크의 말을 듣는
둥 마는 둥 했다.

강도는 아직 3일이라는 시간이 있으므로 하롬과 마쇼디크
를 좀 더 지켜보면서 기회를 잡기로 했다.

마쇼디크는 호숫가에서 가까운 가장 큰 군막으로 하롬을 데리고 갔다.

밑바닥 둘레가 150m에 이르는 이곳에서 가장 큰 군막으로 하롬의 거처이며 총사령부이기도 하다.

깊은 생각에 잠겨서 군막으로 걸어가던 하롬은 우뚝 걸음을 멈추었다.

때마침 군막 안에서 한 명의 여자가 나오는 것을 발견했기 때문이다.

그녀는 하롬처럼 북유럽계의 젊은 여자인데 빛나는 금빛 머리카락이 치렁치렁 물결처럼 허리까지 넘실거렸다.

허리까지 오는 짧고 검은 망토를 둘렀으며 발목까지 오는 몸에 딱 붙는 승마복 같은 바지를 입었는데 늘씬한 키에 영화배우처럼 아름다운 미모를 지녔다.

"칠러그(Csillag)!"

하롬은 놀라서 짧게 외치며 빠르게 걸어갔다.

그녀의 이름은 칠러그이며 하롬의 사촌이자 약혼녀다.

푈드빌라그의 중심 국가이며 하롬의 아버지와 그녀의 가족들이 살고 있는 푈드쾨지텐게르(Földközi-tenger)에 있어야 할 그녀가 여기에 왔다는 사실에 하롬은 몹시 반가우면서도 놀랐다.

"하롬!"

'별'이라는 뜻의 칠러그는 하롬에게 달려오며 외쳤다.

필드빌라그 사람들 중에서 귀족들은 지저 세계에 없는 사물의 이름을 자신들의 이름으로 사용하기를 즐겼다.

예를 들면 '태양'이나 '달', '별', '은하수', '바람' 같은 것이다.

그것은 수십만 년 전에 지저 세계로 들어온 조상들이 해준 이야기 속에 등장하던 사물들이었다.

아주 드물게 어떤 엠베르들은 과학적인 목적이나 견딜 수 없는 호기심 때문에 바깥세상 킨트빌라그에 몰래 올라가서 새로운 사물들을 보기도 했다.

그러나 그런 사람들은 발각되면 재판도 없이 많은 국민이 보는 앞에서 처형당했다.

필드빌라그의 군주 일족은 순혈주의(純血主義)를 지향하기 때문에 같은 혈통끼리만 결혼을 한다.

간혹 다른 계급의 귀족이나 심지어 평민하고 결혼하려고 하는 군주 일족이 있는데 그런 사람은 여지없이 가문에서 추방당하고 만다.

하롬은 마쇼디크가 칠러그를 데려왔다는 사실을 깨달았다.

"하롬! 그리웠어요!"

칠러그는 하롬에게 안겨서 눈물을 흘리며 그의 가슴에 얼굴을 비볐다.

하롬의 거처였다가 지금은 마쇼디크가 차지한 군막 안에 술상이 차려졌다.

군막 안은 몽고의 천막 게르처럼 꾸며져 있었다.

전부 하나로 터져 있으며 아파트 실평수로 친다면 100평이 훨씬 넘을 것 같았다.

하롬과 칠러그, 마쇼디크는 바닥에 깔린 푹신한 양탄자 위에 마주 보고 앉아 있다.

하롬 뒤에는 질코스 에르나크가 서 있고 마쇼디크 뒤에 새카만 옷을 입은 훤칠한 청년이 서 있다.

강도의 정신이 스며들었던 마쇼디크의 페헤르는 술상이 차려지자 군막 밖으로 나가려고 해서 강도는 재빨리 마쇼디크 뒤에 서 있는 청년의 정신으로 옮겼다.

청년의 뇌에 들어가자마자 강도는 그가 마쇼디크의 심복 질코스라는 사실을 알게 되었다.

페헤르는 하나의 영지를 지배하는 영주로서 키라이 바로 아래 지위지만 질코스는 별정직이며 계급으로 봤을 때 페헤르하고 누가 높은지 알 수 없다.

다만 예전에 킬러로 활동하던 것이 질코스였고, 하롬이 심복으로 질코스를 거느리고 있는 것으로 봐서 마쇼디크 뒤에 서 있는 질코스도 그의 심복인 것 같았다.

강도는 마쇼디크의 심복 질코스에게서 그의 이름이 웬켄델렌(önkéntelen：무심한 남자)이라는 것을 알았다.

그리고 아주 중요한 사실 또 하나를 알아냈다.

조금 전에 강도가 마쇼디크의 뇌에 스며들려다가 퉁겨진 이유다.

놀랍게도 마쇼디크에게는 마계 푈드빌라그의 신 이슈텐이 접신(接神)해 있었다.

아니, 정확하게 말하면 이슈텐이 아니라 그의 능력 가운데 하나가 마쇼디크와 합일(合一)되어 있었다.

그것의 이름은 민덴허토샤크(Mindenhatóság)라고 하는데, 디오의 힘이며 능력인 포르차 같은 것이다.

어째서 마쇼디크에게 이슈텐의 힘이 합일되어 있는지는 모르겠지만 그래서 강도의 정신이 마쇼디크에게 들어가지 못했던 것이다.

하롬은 마쇼디크와 술을 마시면서도 애처로울 정도로 꼼짝도 하지 못했다.

마쇼디크 뒤에 우뚝 서 있는 그의 심복 질코스 웬켄델렌의 뇌에 들어가 있는 강도가 봤을 때 하롬은 마쇼디크 앞에서는 아예 기를 펴지 못하는 것 같았다.

마쇼디크가 두렵기 때문인지 아니면 말이 통하지 않아서인지 술자리가 시작된 이후부터 하롬은 줄곧 입을 굳게 다물고 있다.

그에 비해서 외려 하롬의 약혼녀인 칠러그는 자신의 의견을 거침없이 말하는 편이었다.

그녀는 하롬이 마쇼디크 앞에서 기를 못 펴는 것이 속상한 것 같았다.

"말씀을 들어보니까 마쇼디크우르께선 킨트엠베르의 문명을 거부하시는 것 같군요."

칠러그는 한 손을 옆에 앉은 하롬의 허벅지에 얹고서 마쇼디크를 똑바로 주시하며 또박또박 말했다.

"그렇게 보였습니까?"

마쇼디크는 잔잔하게 미소 지었다.

"그래요. 마쇼디크우르의 말씀을 듣다 보니까 킨트엠베르의 문명 자체를 못마땅하게 여기시는 것 같아요."

"과연 푈드쾨지 왕립 학교 최고의 석학답게 날카로운 안목이로군요."

마쇼디크는 술잔을 내려놓고 놀랍다는 표정으로 가볍게 손뼉을 쳤다.

지저 세계 푈드빌라그에는 몇 개의 거대한 바다가 있다.

현 세계의 바다처럼 염분이 함유된 그 바다에는 현 세계하고는 다른 생물체들이 살고 있다.

그 바다 텐게르(Tenger:대양, 바다) 중에서 가장 거대한 바다가 퓔드쾨지텐게르이며, 그것이 곧 퓔드빌라그 67개 영지를 지배하는 중심 국가의 명칭이다.

인구 2,500만의 중심 국가 퓔드쾨지텐게르에서 오직 왕족들만 갈 수 있는 퓔드쾨지 왕립 학교를 역사상 가장 높은 성적으로 졸업한 후에 곧장 그 학교의 교수가 된 전무후무한 기록을 남긴 사람이 칠러그였다.

"킨트빌라그의 문명은 놀라워요. 특히 의학과 천문학, 우주 과학은 기절할 정도예요."

마쇼디크는 고개를 끄떡였다.

"그건 인정합니다."

"우린 퓔드빌라그 위에 지구밖에 없는 줄 알았어요. 그런데 우주라는 것이 있더군요."

"흠."

마쇼디크는 칠러그가 다음에 무슨 얘기를 할지 예상하는 것 같은 표정을 지었다.

"사람이 우주선이라는 것을 타고 지구 밖으로 날아가서 달이나 화성 같은 곳에 간다는 게 믿어지세요?"

강도는 질코스 웬켄델렌의 눈을 통해서 칠러그를 주시하면서 그녀의 생각을 읽었다.

칠러그는 약혼자인 하롬이나 그의 형 마쇼디크하고는 다른 생각을 갖고 있었다.

말하자면 그녀는 평화주의자였다.

할 수만 있다면 자기들끼리 퓔드빌라그에서 지금까지 그래 왔던 것처럼 오순도순 살아가기를 원한다.

그렇지만 퓔드빌라그의 현재 상황이 최악에 처해 있다.

지하자원은 풍부하지만 1억이나 되는 퓔드엠베르들을 먹여 살릴 식량이 턱없이 부족한 실정이다.

퓔드빌라그의 바다와 강, 호수에는 각종 물고기들과 해산 물들이 풍부하지만 그걸 잡을 기술이 부족하다.

퓔드빌라그의 어부들은 원시적인 방법으로 그물질과 낚시 를 하기 때문에 잡아들이는 해산물로는 퓔드엠베르의 10%를 먹이기에도 부족하다.

어족 자원은 풍부한데 그걸 잡는 기술이 모자란 것이다.

퓔드빌라그에는 태양이 없는 탓에 농작물의 종류가 한정되 어 있으며 대부분 이끼나 버섯, 해초류들이다.

참고로 퓔드엠베르의 주식은 이끼류다.

아니, 이끼라기보다는 이끼의 변종인데 거기에 열리는 열매 를 수확하여 밥을 하듯이 익히거나 가루를 내서 빵이나 떡 따위를 만들어 먹는다.

그나마 그것들을 키우는 여러 탁월한 방법들을 30만 년 동 안 발전시켰기에 전체 인구의 80%가 농작물을 수확하여 식량으로 삼을 수 있었다.

필드빌라그의 또 하나의 식량원은 목축이다.

현 세계 킨트빌라그에서는 목축이라고 하면 소나 말, 돼지, 양, 염소 따위를 기르는 것을 뜻한다.

하지만 필드빌라그의 목축은 가축이 30%이고 벌레가 70%를 차지한다.

필드빌라그에서는 변종 벌레를 기르는 것도 목축에 속한다.

지저라는 환경 때문에 가축은 개 정도의 크기 이상 자라지 않는다.

반면에 개량한 지렁이나 날개가 퇴화한 박쥐, 성충이 되지 않는 주먹 크기의 굼벵이나 수십 종류의 손목 굵기만 한 애벌레 등이 식용으로 길러지고 있다.

그러나 목축 역시 풍족하지 않아서 필드엠베르 전체 인구의 65% 정도에게만 공급하고 있다.

이렇듯 필드빌라그의 식량이 현저히 부족하기 때문에 지난 수십 년 동안에는 굶어죽는 엠베르가 일 년에 10만 명에 달할 정도였다.

필드빌라그가 현 세계 킨트빌라그를 장악하려는 가장 큰 이유는 식량 때문이다.

칠러그는 다각도로 방법을 모색하여 부족한 식량을 현 세계 킨트빌라그에서 원활하게 공급받을 수만 있다면 필드빌라그에서 계속 살아도 좋다고 생각하는 사람이다.

"저는 그런 킨트빌라그의 문명을 파괴해선 안 된다고 생각해요."

마쇼디크는 가볍게 고개를 끄떡였다.

"나도 그렇게 생각합니다."

"그런데 어째서 화산과 지진으로 그들의 문명을 파괴하려고 하시죠?"

마쇼디크는 빙그레 미소 지었다.

"그들이 순순히 항복하지 않을 것이기 때문입니다."

"그건 아니에요."

칠러그가 고개를 가로젓자 치렁치렁한 금발이 물결처럼 나풀거렸다.

"무려 70억 인구의 킨트빌라그가 겨우 1억 인구인 필드빌라그에 어째서 항복을 해야 한다고 생각하나요?"

그녀는 희고 긴 손가락을 하나 세웠다.

"더구나 킨트빌라그는 무서운 전쟁 무기가 많아서 싸우면 우리가 전적으로 불리해요."

마쇼디크가 단언하듯이 말했다.

"킨트빌라그와 싸우면 우리가 이깁니다."

"이긴다고요?"

칠러그는 말도 안 된다는 듯 눈을 크게 떴다.

"하롬에게 물어보십시오."

칠러그가 하롬을 쳐다보자 그는 고개를 끄떡였다.

"킨트빌라그의 군대와 싸우면 우리가 백전백승할 수 있어."

"그런가요?"

"디오가 개입하지 않는다면."

"디오?"

"킨트빌라그의 신 말이야."

"아……."

하롬은 자신이 알게 된 디오에 대한 얘기를 칠러그에게 해주고 싶었지만 마쇼디크 앞에서는 하고 싶지 않았다.

"디오는 어떤 신이죠? 이슈텐과 다른가요?"

하롬은 마쇼디크를 슬쩍 쳐다보고는 고개를 가로저었다.

"나도 잘 모르겠어."

마쇼디크가 술잔을 들었다.

"칠러그, 이거 하나는 분명합니다."

마쇼디크는 버섯을 원료로 증류한 위스키를 단숨에 마시고 나서 말했다.

"킨트빌라그를 정복하지 못하면 우린 머지않아서 멸망하고 말 것이라는 사실입니다."

"……."

"멸망이냐 생존이냐의 갈림길입니다."

마쇼디크는 칠러그를 벼랑으로 몰았다.

"칠러그, 우리가 멸망해야 합니까?"

칠러그는 아무 말도 하지 못했다.

마쇼디크와 하롬, 그리고 칠러그는 꽤 많은 술을 마셨다.

한 시간 동안 묵묵히 그들을 지켜본 강도는 마쇼디크를, 아니, 마쇼디크에게 접신해 있는 이슈텐의 힘 민덴허토샤크를 시험해 보고 싶었다.

강도는 자신이 침투해 있는 질코스 웬켄델렌이 뒤에서 마쇼디크를 공격하도록 만들었다.

만약 운이 좋아서 웬켈델렌이 마쇼디크를 죽인다면 더 바랄 게 없다.

하지만 마쇼디크가 쉽게 당할 것 같지는 않았다.

마쇼디크에게 접신해 있는 것이 이슈텐의 힘 민덴허토샤크라고 했으니까 생각을 읽는 능력은 없을 것이다.

강도에게 정신이 완전히 제압당한 웬켈델렌이 마쇼디크의 등을 향해 한 걸음 앞으로 나갔다.

맞은편 하롬 뒤에 서 있는 에르나크가 무심한 얼굴로 웬켈델렌을 쳐다보았지만 설마 그가 자신의 주인인 마쇼디크를 급습할 것이라고는 상상도 하지 않았다.

웬켈델렌과 마쇼디크의 거리는 1.5m 정도다.

더 가깝게 접근하면 마쇼디크가 눈치챌 수도 있고 하롬이나 에르나크가 이상하게 생각할 것이다.

강도는 다른 질코스들처럼 웬켈델렌의 두 팔이 칼로 변할 수 있다는 사실을 알아냈다.

그래서 칼로 마쇼디크의 목을 찌를 생각이다.

순간 웬켈델렌이 앞으로 한 걸음 내디디며 오른팔을 번개같이 앞으로 뻗었다.

슉—

단지 그 동작만으로도 마쇼디크는 공격권 안에 들어왔다.

웬켈델렌은 불필요한 동작을 취하지 않고 마쇼디크의 뒷목을 찔러갔다.

그의 오른팔이 찔러가는 도중에 회백색의 뾰족하고 날카로운 칼로 변했다.

거기에 찔리면 마쇼디크의 뒷목에는 구멍이 뚫릴 것이다.

투우…….

강도는 웬켈델렌의 칼끝이 마쇼디크의 뒷목에 닿는 것을 느꼈다.

꺼엉!

"우왁!"

그러나 칼끝은 뒷목을 찌르지 못하고 오히려 거센 반탄력에 퉁겨졌다.

강도는 칼을 통해서 뿜어진 반탄력이 웬켈델렌의 가슴을 해머처럼 거세게 두드리는 것을 느꼈다.

웬켈델렌의 몸이 뒤로 붕 날아갈 때 강도는 그에게서 빠져나와 칠러그에게 들어갔다.

마쇼디크는 앉은 자세에서 번쩍 허공으로 솟구쳤다가 몸을 돌려 웬켈델렌에게 쏘아갔다.

마쇼디크가 손을 뻗자 웬켈델렌은 허공에서 멈췄다가 스르르 바닥에 눕혀졌다.

웬켈델렌은 가슴 부위가 시커멓게 그을렸으며 입에서 울컥울컥 피를 토하고 있었다.

가슴뼈와 장기, 내장이 완전히 타버렸다.

마족 퓔드엠베르들은 피를 흘리지 않는데 웬켈델렌은 완전히 인간화가 된 듯했다.

마쇼디크는 그 앞에 우뚝 서서 웬켈델렌을 굽어보았다.

"무슨 짓이냐?"

"끄으으… 마쇼디크우르… 저는……."

마쇼디크는 설마 가장 믿는 심복인 웬켈델렌이 자신을 암습할 줄은 손톱만큼도 예상하지 못했기에 매우 놀랐다.

"어째서 날 공격했느냐?"

"저는… 모르겠습니다……."

웬켈델렌은 참담한 표정을 지으며 계속 입에서 피를 흘렸다.

"날 죽이려고 했으면서도 이유를 모른다고?"

마쇼디크가 얼굴을 분노와 착잡함으로 일그러뜨리는 것을 그의 뒤쪽에 있는 하롬과 칠러그는 보지 못했다.

"끄으으……."

웬켈델렌의 두 눈에서 눈동자가 사라지고 있다.

죽음의 문턱을 넘어가고 있었다.

필드엠베르는 목이 잘라져야지만 죽는데 웬켈델렌은 이대로 죽을 것만 같았다.

인간화됐기 때문에 인간처럼 피를 많이 흘리면 죽는 것인지, 아니면 이슈텐의 민덴허토샤크에게 당했기 때문인 것인지 모를 일이다.

마쇼디크는 즉시 손을 뻗어 웬켈델렌의 가슴에 손바닥을 덮었다.

"으으으……."

웬켈델렌은 몸을 푸들푸들 떨었다.

마쇼디크는 웬켈델렌을 살리려고 애썼다.

마쇼디크에게 죽어가는 사람을 살리는 능력 같은 건 없다.

민덴허토샤크의 능력을 빌어서 웬켈델렌을 살리려는 것이다.

비정함으로 가득 찬 마쇼디크는 웬켈델렌을 살려서 왜 자신을 죽이려고 했는지 알아내고 싶었다.

강도라면 이런 상황에서 웬켈델렌을 살릴 수 있다.

디오의 능력 포르차의 힘을 빌리지 않고 순전히 강도의 능력만으로 말이다.

마쇼디크가, 아니, 민텐허토샤크가 웬켈델렌을 살리고 있는 동안 강도는 그것을 주시하며 갈등했다.

민텐허토샤크는 웬켈델렌을 살리는 일에 집중하고 있으니까 지금 하롬이 공격하게 만드는 것이다.

그렇게 하면 민텐허토샤크의 보호를 받지 못한 마쇼디크를 죽일 수도 있다.

그러나 죽이지 못할 수도 있다.

언제나 상황이란 것은 그렇거나 그렇지 않거나 두 가지다.

마쇼디크는 심복 웬켈델렌의 갑작스러운 공격을 의심하고 있는 상황이다.

그런데 친동생 하롬이 또다시 급습한다면, 그래서 그를 죽이지 못하면 의심이 증폭될 것이다.

일이 그쯤 되면 마쇼디크는 디오가 이곳에 왔을 것이라고 짐작할 수도 있다.

디오가 왔으면서도 어째서 직접 마쇼디크 자신을 죽이지 않고 웬켈델렌이나 하롬의 손을 빌리는 것인지를 또 의심하게 될 것이다.

의심은 의심을 낳고 추측은 또 다른 추측을 낳을 테니까 그것이 강도에게 좋을 리가 없다.

또한 임의의 조력자인 하롬을 잃게 되는 것도 손해다.

그 짧은 순간 강도는 다른 생각을 했다.

민덴허토샤크가 웬켈델렌을 살리려고 애쓰는 동안 마쇼디크의 정신을 스캔하는 것이다.

'안 되면 그만이다.'

강도의 정신은 찰나지간에 칠러그를 떠나서 마쇼디크의 뇌로 들어갔다.

'됐다!'

민덴허토샤크는 웬켈델렌을 살리려고 마쇼디크의 오른손에 집중된 상태여서 강도의 정신은 마쇼디크의 뇌에 어렵지 않게 침투했다.

강도는 재빨리 마쇼디크의 뇌를 스캔했다.

그때 마쇼디크가 움찔했다.

그 순간 마쇼디크의 동작이 멈춰지면서 오른팔에 있던 민덴허토샤크가 뇌로 돌아왔다.

마쇼디크는 급히 뒤돌아보았다.

그는 하롬과 칠러그가 제자리에 나란히 앉아 있는 모습을 날카롭게 쏘아보았다.

강도는 칠러그의 머릿속으로 돌아와 있었다.

마쇼디크가 움찔할 때 그의 뇌를 떠난 것이다.

강도의 순간적인 판단이 늦었다면 그는 꼼짝없이 민덴허토샤크에게 붙잡히고 말았을 것이다.

정신이 능력을 이길 수는 없었다.

강도는 마쇼디크의 뇌에 0.5초밖에 머물지 못했으며 많은 것을 알아내지 못했다.

마쇼디크는 하롬과 칠러그에게서 아무것도 알아내지 못했으나 의심을 지우지는 않았다.

하롬과 칠러그는 무슨 일이냐는 듯 마쇼디크를 마주 보고 있었다.

마쇼디크는 조금 더 하롬과 칠러그를 쏘아보다가 고개를 돌려 웬켈델렌을 보았다.

그러나 그때는 이미 웬켈델렌이 숨이 끊어진 상태였다.

"제기랄!"

화를 얼굴에 드러내지 않는 마쇼디크지만 지금 같은 상황에서는 감정을 숨기지 않았다.

그는 두 번에 걸쳐서 무언가 이상한 기운이 자신에게 엄습하는 것을 또렷하게 느꼈다.

아니, 그건 엄습이라기보다 침투에 가까웠다.

아주 찬 기운이 등골을 저미는 듯한 느낌이었다.

그는 웬켈델렌의 죽음을 확인하고 나서 무거운 신음 소리를 냈다.

"음!"

분명히 뭔가 있기는 있는데 알 수가 없어서 기분이 아주 더러웠다.

처음에는 단지 막연한 의심일 뿐이었지만 웬켈델렌이 자신을 공격하다가 죽음을 당한 이후 마쇼디크는 의심이 확신으로 변했다.

"하롬, 나는 이게 무슨 일인지 알아내야겠다."

처음에 마쇼디크가 자신을 의심했을 때 하롬은 괜한 트집이라고 생각했었다.

그런데 웬켈델렌이 마쇼디크를 공격하다가 죽는 것을 보고는 한 가지 짚이는 게 있었다.

디오가 여기에 있을지도 모른다는 사실이다.

그렇지만 그걸 마쇼디크에게 말할 수는 없다.

그에게 말해봐야 서로에게 아무 도움이 되지 못하면서 디오를 노엽게 만들 뿐이다.

"뭐가 말입니까?"

하롬은 정색을 하고 마쇼디크를 마주 뚫어지게 주시했다.

어설프게 상대했다가는 마쇼디크에게 빌미만 만들어주게 되니까 강하게 나가야 된다.

마쇼디크는 강철처럼 단단한 표정을 지었다.

"날 이해시키지 못한다면 널 적으로 간주하겠다."

역시 마쇼디크는 호락호락하지 않았다.

여기에서 하롬이 꺾이면 그의 밥이 되고 만다.

지금까지의 하롬이라면 이 정도에 바로 꼬리를 내렸었다.

"형님이 무슨 말을 하는지 알아들을 수가 없습니다."

"하롬, 너는 분명히 이 일과 관계가 있다."

"글쎄 그 일이라는 것이 뭡니까?"

하롬은 작정하고 대드니까 갈수록 용기가 생겼다.

아무것도 모르는 칠러그가 거들었다.

"마쇼디크우르, 대체 무엇 때문에 그러시는지 설명을 해주셔야 알죠."

마쇼디크는 하롬과 칠러그를 날카롭게 살펴보다가 두 사람 뒤에 서 있는 에르나크를 쳐다보았다.

에르나크는 그저 하나의 기둥처럼 우뚝 서 있을 뿐이라서 그에게 무엇을 알아내지는 못했다.

마쇼디크는 다시 하롬을 쳐다보면서 한 번 더 밀어붙였다.

"대답하지 않으면 너를 적으로 여기겠다고 말했다."

하롬은 조금 발끈했다가 고개를 끄떡였다.

"그러십시오."

마쇼디크는 하롬을 쏘아보고, 하롬도 그를 마주 주시하면서 팽팽한 침묵이 흘렀다.

마쇼디크는 절대로 만만한 사람이 아니라서 이 정도로 의심을 접지는 않았다.

하롬에게 뭔가 있는 게 분명하지만 이렇게 밀어붙이는데도 대답하지 않는다면 그의 결백을 믿는 것이 아니라 그만큼 그 일이 중대하기 때문이라고 판단했다.

'하롬이 나하고 적이 되는 것을 감수하면서까지 지켜야만 하는 비밀이 도대체 뭔가?'

마쇼디크는 흔들림 없이 마주 주시하고 있는 하롬의 눈을 쏘아보았다.

'하롬은 내게 그 정도의 섬뜩함을 느끼게 하지 못한다. 그건 하롬이 아니었다. 그러나 하롬은 그게 뭔지 알고 있다.'

마쇼디크는 하롬에게서 시선을 거두고 평소처럼 부드러운 미소를 지었다.

"내가 널 오해했다. 미안하다."

마쇼디크가 잔에 술을 채워서 내밀며 기분 풀라고 말했지만 하롬은 굳어진 얼굴을 풀지 않았다.

예전 같으면 속으로는 기분이 나빠도 마쇼디크 앞에서는 내색을 하지 않았었다.

그런 그의 모습이 마쇼디크의 의심을 가중시켰지만 하롬은 거기까지는 생각하지 못했다.

강도는 0.5초 동안 들어갔다가 나온 마쇼디크의 뇌에서 수집한 단편적인 내용들을 조합했다.

일단 마쇼디크가 접신해 있는 것은 이슈텐의 능력인 민덴허토샤크가 맞았다.

그리고 이슈텐은 마쇼디크를 다음 대 국왕, 즉 후계자로 점찍었으며 그를 전폭적으로 밀어주고 있다.

마쇼디크가 여기에 온 것은 국왕 너지키라이가 아니라 이슈텐의 명령이었다.

이슈텐이 너지키라이에게 그렇게 하라고 명령을 내렸다.

마쇼디크의 목적은 동아시아를 장악하는 것이다.

이곳은 켈레트섹헤이(Keletszékhely:동방 본부)라고 하는데 줄여서 섹헤이라고 부른다.

이곳 섹헤이에는 원래 하롬이 데려온 40만의 마군이 주둔하고 있었으며 마쇼디크가 10만을 더 이끌고 와서 50만이 되었다.

마쇼디크는 대한민국 같은 것은 어떻게 되더라도 상관이 없다는 생각이다.

그의 목적은 중국이다.

광활한 중국 대륙을 정복하기 위해서라면 대한민국 같은 작은 반도 따윈 짓밟아도 된다.

중국만 정복하고 나면 그 주위에 있는 몽골이나 우즈베키스탄 등 중앙아시아와 아래쪽의 미얀마, 베트남, 바다 건너 필리핀과 인도네시아, 그리고 인도까지 손쉽게 수중에 떨어질 것이다.

그러기 위해서 일단 대한민국에 대규모 화산과 지진을 일으켜서 혼란에 빠뜨린 다음, 마군이 장악하고 있는 대한민국 서해 해군으로 하여금 중국에 도발을 하게 만든다.

중국 본토에 대한 미사일 공격도 좋고 중국 상선이나 함정에 대한 선제공격도 괜찮다.

그러면 스스로 대국이라고 자처하는 중국이 절대로 가만히 있지 않을 것이다.

마쇼디크는 하롬이 말을 듣지 않으면 붙잡아서 본국으로 보내 버리고 데리고 온 전문가에게 맡길 생각이다.

하롬 정도의 전문가가 아니라서 시일이 좀 늦어지겠지만 10일 안에는 서울을 지옥으로 만들 수 있을 것이다.

강도는 대충 이런 것들을 마쇼디크에게서 알아냈다.

아니, 하나 더 있다.

마쇼디크는 하롬의 약혼자인 칠러그를 탐내고 있다.

원래 마쇼디크와 하롬 두 사람이 칠러그를 좋아했는데 그녀가 선택한 사람은 하롬이었다.

마쇼디크는 푈드푀지텐게르를 떠나 여기까지 오는 5일 동안 칠러그에게 최대한의 친절을 베풀면서 환심을 사려고 애썼지만 그녀의 반응은 냉담했었다.

마쇼디크는 포기라는 것을 모르는 자다.

칠러그가 하롬을 선택했고 또 마쇼디크를 대할 때마다 냉담하지만 그게 더 탐욕에 불을 지폈다.

푈드빌라그에는 결혼에 관한 법이 있다.

여자가 결혼할 때까지 혼전 순결을 지켜야 한다는 것이다.

만약 여자가 결혼 전에 다른 남자에게 순결을 주었다면 그와 결혼해야 한다.

강도는 고민에 빠졌다.

이곳 섹헤이를 쓸어버려야 하는데 강도와 질풍대, 삼맹의 고수들로는 역부족이다.

무림에서 고수들을 데려오면 아쉬운 대로 싸워볼 만한데 그게 쉬운 일이 아니다.

섹헤이를 쓸어버리는 것 말고 다른 방법이 있기는 하다.

'마쇼디크를 막으면 된다.'

그게 가장 간단한 방법이다.

그러면 시간을 벌 수 있다.

강도의 목적은 마계 푈드빌라그를 멸절시키는 것이 아니다.

그들이 현 세계를 침공하지 않게 만드는 것이다.

강도가 정말 디오라면 푈드엠베르들도 그의 창조물이다.

'마쇼디크를 죽인다.'

일단 그렇게 결정했다.

한남동 저택에는 일대 소란이 벌어졌다.

이 층 거실 소파에 앉아 있는 강도가 꽤 오랜 시간이 지났는데도 꼼짝하지 않는 것이다.

강도 주위에는 옥령과 유선, 태청, 태광, 벽운 등 측근들이 모여들었다.

"주군."

지켜보고만 있던 옥령이 옆에 앉아서 가만히 흔들었지만 그는 깨어나지 않았다.

그걸 보고 모두들 가슴이 철렁 내려앉는 표정을 지었다.

옥령은 강도와 청와대에서 돌아오고 나서 강도의 명령으로 아래층에서 일을 보고 있었다.

그때부터 지금까지 2시간 정도가 흘렀으니까 강도가 2시간 동안 이 상태였다는 뜻이다.

옥령은 강도의 손목을 잡고 맥을 짚었다.

맥이 미약하게 뛰고 있다.

심장박동도 미약하고 몸이 매우 차가웠다.

옥령은 강도가 이렇게 된 원인이 무엇인지는 모르지만 그가 가사상태(假死狀態)에 빠졌다고 판단했다.

맥박이 약하고 호흡이 거의 멎어 죽은 것처럼 보이지만 동공 반사 등의 반응이 있어서 인공호흡이나 심폐 소생술 등의

적절한 조치를 통해 다시 살아날 수도 있는 상태를 가사상태
라고 한다.

옥령은 강도를 안고 일어섰다.

"여기 침대가 어디에 있느냐?"

뒤쪽에 서 있던 이곳 저택의 총책임자 단총아가 급히 한쪽
으로 달려갔다.

"여깁니다!"

옥령은 강도를 침대에 눕힌 후에 음브웨와 유선만 남기고
모두 밖으로 내보냈다.

옥령은 강도만큼은 아니더라도 의술에 조예가 깊다.

"선아, 뜨거운 물과 수건을 가져와라."

옥령의 지시에 유선이 재빨리 침실에 딸린 욕실로 달려갔다.

"바지 벗겨요."

옥령은 강도의 상의를 벗기면서 음브웨에게 말했다.

강도가 음브웨를 자신의 그림자라고 소개했기 때문에 옥령
은 음브웨를 내보내지 않았다.

"다 벗기나요?"

"팬티까지 싹 벗겨요."

강도의 체온이 많이 떨어졌기 때문에 뜨거운 물에 적신 수
건으로 온몸을 마사지하면서 추궁과혈수법과 부드러운 진기

를 주입할 생각이다.

유선은 대야에 뜨거운 물을 담아서 급히 오다가 강도가 나신으로 누워 있는 모습을 발견하고 움찔했다.

유선은 신군성에 있을 때 강도를 몇 미터 지근거리에서 호위를 했었기 때문에 그가 유빈과 별별 형태로 섹스를 하는 것이나 벌거벗고 돌아다니는 모습을 숱하게 봤었다.

그때 유선의 나이는 강도와 동갑이었으나 지금은 12년 전으로 돌아와서 20살이 된 상태다.

옥령이 강도의 손목을 잡고 진기를 주입하면서 유선을 꾸짖었다.

"뭘 하는 거냐? 어서 수건에 뜨거운 물을 적셔서 주군의 전신을 문질러라!"

"아……."

옥령은 진기 주입을 멈추고 강도의 상체를 주무르고 유선은 하체를 추궁과혈수법으로 주물렀다.

그렇게 30분이나 지났는데도 강도는 전혀 변화가 없다.

옥령과 유선은 온몸이 땀범벅이 되어 물이 뚝뚝 떨어졌다.

"아아… 주군……."

두 여자는 거의 제정신이 아닌 상태에서 강도의 온몸을 주물렀다.

그녀들에게 강도는 모든 것이다.

그가 없으면 그녀들도 없다.

"선아, 두 손에 조금 더 진기를 주입해서 기경팔맥과……."

옥령은 부지런히 강도의 가슴을 주무르면서 유선을 보며 말하다가 멈추었다.

유선은 주무르는 것을 멈춘 채 할딱거리면서 한곳을 뚫어지게 주시하고 있었다.

그런데 그녀가 보고 있는 것이 강도의 우뚝 솟은 심벌이다.

어이없는 표정을 짓던 옥령마저도 잠시 시선을 뺏길 정도로 강도의 그것은 강건하게 수직으로 솟아 있었다.

마치 누군가 그의 사타구니에 맨발로 한쪽 발을 딛고 서 있는 듯한 광경이다.

옥령이나 유선은 지나치듯이 강도의 그것을 본 적은 있었지만 지금처럼 적나라하게 보는 것은 처음이다.

호흡이나 맥박이 희미하고 체온이 30도까지 떨어진 상태인 강도가, 아니, 강도의 몸이 두 여자가 온몸을 주무르는 것에 정직하게 반응을 한 것이다.

옥령은 어이없는 표정을 지었다.

"다 죽어가면서도 어쩌면 저렇게……."

유선이 빨개진 얼굴로 손가락으로 강도의 그것을 가리키면서 중얼거렸다.

"대사저, 그런데 저는 차마 이것은 만지지 못했어요."

"뭐라?"

옥령은 발끈해서 꾸짖었다.

"너는 추궁과혈수법에서 남자의 음경과 음낭, 항문, 회음혈 부위가 얼마나 중요한지 잊었느냐? 너는 가장 기초적인 것마저도 모른다는 말이냐?"

"그럼… 대사저께서 하세요."

옥령은 주인이 사경을 헤매고 있는데 뭐가 좋다고 혼자 끄떡거리고 있는 그놈을 힐끗 보고는 외면했다.

"네가 해라."

"전 못해요. 대사저께서 하세요."

"바보 같은… 저리 비켜라."

유선이 비키자 옥령은 강도의 다리를 벌려서 왼손으로 그놈을 잡고 오른손으로 음낭을 주물렀다.

"봐라. 이렇게 왼손에는 네 푼, 오른손에 다섯 푼의 양진기를 주입해서 주무르는 것이다."

될 수 있는 한 그것을 보지 않으려고 말하는 옥령의 얼굴은 피 칠을 한 것처럼 빨갰다.

한 손으로 다 잡히지도 않는 그것을 고스란히 느끼면서 옥령은 속으로 외쳤다.

'도련님은 이걸로도 사람을 죽일 수 있을 거야……!'

그때 굵직하고 낮은 목소리가 돌렸다.

"옥령, 뭐 하고 있는 거냐?"

"……."

옥령과 유선, 음브웨는 일제히 강도의 얼굴을 쳐다보았다.

"주군!"

강도는 누운 채 눈을 내리깔고 옥령이 만지고 있는 것을 쳐다보았다.

"너 뭐 하는 거냐고 물었다."

옥령은 급히 손을 놓으며 당황했다.

"주군, 속하는……."

강도는 정신이 육체로 돌아오니까 희한한 광경이 벌어져 있어서 말이 나오지 않았다.

"이것들이……."

현재 반신반인(半神半人)의 경지에 이른 강도지만 설마 자신의 정신이 잠시 외출하고 있는 동안 몸뚱이에 이런 해괴한 일이 벌어지고 있을 줄은 상상하지 못했다.

유선은 발딱 일어나서 이미 바닥에 납작하게 엎드려 부복하고 있다.

"주군……."

옥령은 어쩔 줄 모르고 전전긍긍했다.

강도는 상체를 일으켜 책상다리를 하고 앉았다.

"너희 둘이 날 벗겨놓고 무얼 하고 있었느냐고 묻는데 왜 대답을 하지 않느냐?"

옥령은 강도가 엄하게 꾸짖는 바람에 그가 살아났다는 기쁨을 느낄 겨를도 없다.

"음브웨, 너는 보고만 있었느냐?"

불똥이 음브웨에게 튀었다.

"저는……."

음브웨라고 옥령이나 유선하고 다를 게 없다.

강도가 죽어가고 있다는 것과 느닷없이 그의 그것이 커지는 광경을 보고 정신이 엉망진창 헝클어진 상태였다.

슥—

강도는 침대에서 내려서며 침대를 가리켰다.

"너희 둘 옷 벗고 침대에 누워라. 나도 그대로 해주겠다."

"……."

옥령과 유선은 깜짝 놀라서 강도를 쳐다보았다.

강도의 얼굴은 돌덩이처럼 굳었으며 거기에 노여움이 살얼음처럼 깔려 있었다.

그걸 보고 옥령은 일어나서 강도 앞으로 다가가 섰다.

그녀는 강도가 장난을 치고 있다는 사실을 깨달았다.

"도련님, 어울리지 않으니까 어서 옷이나 입어요."

"어……."

"한 번만 더 이모에게 장난을 치면 볼기를 때려주겠어요."

옥령은 손을 들고 볼기를 때리는 시늉을 해보였다.

무림 초창기에 강도는 자신을 이모나 큰누나처럼 보살펴 주는 옥령을 옥 이모라고 불렀었다.

강도는 빙그레 웃으며 음브웨가 갖다 준 옷을 주섬주섬 입었다.

"옥 이모는 불여우가 다 된 것 같아."

옥령은 오랜만에 듣는 '옥 이모'라는 호칭에 옛날 추억이 되살아났다.

"흥! 누가 그렇게 만들었는데요?"

옷을 다 입은 강도는 팔을 뻗어 옥령의 가느다란 허리에 감으며 부드럽게 말했다.

"다들 모이라고 해."

강도는 이동간으로 마계 묄드빌라그의 섹헤이로 잠입했다.

이번에는 정신만이 아니라 몸까지 완전체다.

그는 아까 봐둔 섹헤이 근처의 강과 호수가 만나는 바위더미 뒤에 나타났다.

그는 이곳 상황을 알아보기 위하여 바위 사이 좁은 틈으로 들어가 앉아서 하롬의 정신으로 들어갔다.

하롬은 심복 에르나크를 데리고 섹헤이를 둘러보고 있는

중이었다.

하롬의 뇌를 스캔해 보니까 마쇼디크가 그에게 섹헤이 경비 상태를 점검하라고 명령을 내린 것이다.

섹헤이의 군막들은 거대한 타원형의 호숫가에 넓게 펼쳐져 있으며, 하롬이 말을 타고 지나갈 때마다 그 지역의 지휘자가 나와서 보고하고 허리를 굽혔다.

강도가 봤을 때 이런 식으로 섹헤이를 다 돌자면 하루 갖고서도 모자랄 것 같았다.

마쇼디크를 죽이려면 그가 어디에 있는지 알아야 하는데 하롬이 이렇게 돌아다니고 있으니 난감하다.

강도는 하롬의 약혼녀 칠러그의 정신으로 들어갔다.

"……!"

칠러그의 정신에 들어간 강도는 움찔 놀랐다.

그녀의 눈을 통해서 전혀 예상하지 않았던 광경을 보게 된 것이다.

마쇼디크가 손으로 칠러그의 입을 막고 그녀를 강하게 찍어 누르고 있었다.

"으읍… 읍……."

칠러그는 마쇼디크를 밀어내려고 결사적으로 몸부림쳤지만 역부족이다.

마쇼디크는 그녀의 두 손을 모아서 한 손에 그러모아 잡아서 머리 위로 뻗고 목덜미를 핥으며 헐떡거렸다.

"하롬보다 내가 널 더 사랑하고 있다는 걸 모르는 거냐? 반항하지 말고 가만히 있어라. 넌 나하고 결혼해서 필드빌라그의 왕비가 되는 것이다……!"

침대의 두툼한 모피 위에서 씨름을 하며 마쇼디크는 헝겊을 뭉쳐서 칠러그의 입을 틀어막았다.

그러고는 자신의 육중한 몸으로 그녀의 몸을 찍어 눌러 꼼짝 못하게 하고는 자유롭게 된 한 손으로 그녀의 옷을 거의 찢듯이 벗겨냈다.

찌이익— 찍!

강도는 지금이야말로 마쇼디크를 죽일 수 있는 절호의 찬스라고 판단했다.

그는 재빨리 자신의 몸으로 돌아갔다가 1초도 되지 않아서 다시 나타났다.

마쇼디크는 욕정에 사로잡혀서 제정신이 아니다.

강도는 재빨리 침대로 다가갔다.

스웅…….

칠러그를 찍어 누르고 있는 마쇼디크 뒤에 강도가 우뚝 서서 오른팔을 드니까 롱소드가 그의 손에 잡혔다.

지난번 청와대에서 제16영지의 영주 페헤르외르데그에게서 롱소드를 얻은 이후부터 강도는 마족을 상대할 때 롱소드를 사용했다.

지금까지 사용해 본 결과 롱소드로는 목을 자르지 않고 마족의 급소만 찔러도 죽었다.

바지를 벗은 상태인 마쇼디크는 칠러그의 속옷을 벗기고 그녀의 다리를 벌리고는 막 어떤 자세를 취하고 있었다.

남자가 욕정에 발광하는 모습은 현 세계의 인간이나 마족이나 별다른 게 없는 것 같다.

"으읍… 읍……."

칠러그는 미친 듯이 몸부림쳤다.

"……!"

그러다가 그녀는 강도를 발견했다.

그녀의 눈이 커다랗게 떠졌다.

강도는 마쇼디크에게 민덴허토샤크가 있기 때문에 롱소드에 최강의 초절신강을 주입했다.

강도는 민덴허토샤크가 단지 능력이라서 마쇼디크의 뒤에 있는 강도를 발견하지 못할 것이라고 판단했다.

민덴허토샤크는 마쇼디크의 몸을 통해서만 능력을 발휘할 수 있을 것이다.

롱소드가 허공을 갈랐다.

푹!

"윽!"

다음 순간, 롱소드가 마쇼디크의 뒷목을 깊이 찔렀다.

칠러그는 마쇼디크의 목을 뚫고 삐져나온 피 묻은 롱소드의 칼끝이 자신의 가슴을 찌르자 입을 크게 벌렸다.

"……."

칼끝은 칠러그의 오른쪽 젖가슴을 손가락 두 마디 정도 깊이 찔렀다.

강도는 마쇼디크를 찌르면서 힘 조절을 하지 않았다.

민덴허토샤크를 상대하는 것이기 때문에 칠러그까지 찌를 수 있다는 것에는 신경을 쓰지 않았다.

중요한 것은 마쇼디크와 민덴허토샤크를 죽이는 것이지 칠러그의 생사 따위가 아니다.

마쇼디크를 일격에 죽이려면 목을 잘라야 하지만 롱소드는 찌르기가 강점이라서 목을 자르려고 하면 실패할 수도 있으며 재수 없으면 민덴허토샤크에게 반격할 수 있는 빌미를 제공할 수도 있다.

무엇이든 안전한 게 좋다는 것이 강도의 철칙이다.

그는 일단 목을 찔러서 기선을 제압하고 그 다음에 숨통을 끊으면 된다고 생각했다.

그런데 그때 롱소드를 통해서 강력한 어떤 파워가 강도에게 뿜어졌다.

롱소드가 느닷없이 푸른빛으로 물들었다.

꽝!

"억……."

그러고는 가슴에 묵직한 충격을 받은 강도는 롱소드를 잡은 채 뒤로 붕 날아갔다.

날아가면서 그는 보았다.

엎드려 있는 마쇼디크의 몸에서 한 줄기의 푸른빛이 빠져나와 강도 자신을 향해 쏘아오는 것을.

강도는 그게 바로 민덴허토샤크라고 직감했다.

롱소드로 마쇼디크는 죽일 수 있지만 형체가 없는 민덴허토샤크는 죽이지 못한다. 푸른빛 민덴허토샤크가 쏘아오는 것을 발견한 강도는 롱소드를 놓고 양 손바닥을 뻗었다.

쫘릉!

천둥 치는 소리가 터졌다.

"으윽……."

강도는 온몸이 으스러지는 고통을 느끼면서 정신이 아득해졌다.

'이게 신의 능력인가…….'

그 순간 강도는 전신에 얼음물이 확 끼얹어지는 것처럼 싸늘한 느낌이 들었다.

그리고 뒤이어 이상한 기분에 사로잡혔다.

몸이 허공에 붕 떠서 무게감이 전혀 느껴지지 않았다.

마치 한 번도 경험해 본 적이 없는 무중력 상태가 바로 이런 것일 거다.

그리고 온몸이 빠르게 차가워졌다.

'제압당했다.'

강도는 본능적으로 민뎬허토샤크에게 제압당했다는 사실을 깨달았다.

조금 전에 두 차례 충격을 받은 것 때문에 온몸이 해체되는 것처럼 고통스러웠다.

그런 데다가 손가락 하나 까딱할 수가 없다.

강도는 벽에 부딪쳤다가 바닥에 쓰러졌는데 정신이 자꾸만 흐릿해졌다.

스으으……

그의 몸이 일으켜져서 우뚝 섰다.

그러나 그의 의지가 아니라 몸이 제멋대로 움직이고 있는 것이다.

강도는 마쇼디크에게 걸어갔다.

그가 걸어가는 것이 아니라 민뎬허토샤크가 그를 조종하고 있다.

마쇼디크는 엎드린 채 뒷목에서 꾸역꾸역 새빨간 피를 흘리면서 몸을 푸들푸들 떨고 있다.

그 아래에 깔려 있는 칠러드는 롱소드에 가슴이 찔려서 고통스러운 표정을 지을 뿐 마쇼디크에게서 벗어나지 못하는 상태다.

강도는 손을 뻗어 손바닥으로 마쇼디크의 구멍 뚫린 뒷목을 감쌌다.

'마쇼디크를 치료하려는 거로구나.'

강도는 꺼져가는 의식 속에서 내심 중얼거렸다.

지금 강도의 몸은 민덴허토샤크에게 제압된 상태라서 그가 자유롭게 사용할 수 있는 것은 정신뿐이다.

그런데 그 정신이 점점 흐려지고 있다.

'이놈은 내 정신은 손대지 못한다……'

강도는 자신이 지금 정신을 잃으면 안전히 멘덴허토샤크의 꼭두각시가 될 거라고 생각했다.

'이건 고통 때문이다……'

그는 자신의 정신이 흐려지고 있는 게 단순하게 고통 때문이지 민덴허토샤크가 자신의 몸에 들어왔기 때문이 아니라고 판단했다.

민덴허토샤크는 이슈텐의 능력이기 때문에 정신을 지배하지는 못한다.

민덴허토샤크 정도면 구태여 이런 식으로 강도의 손을 빌리지 않더라도 마쇼디크를 살릴 수 있을 텐데 이렇게 하는 데에는 무슨 이유가 있을 것이다.

어쩌면 민덴허토샤크는 현재 온전하지 못한 상태일지도 모른다.

아니, 예전에 디오에게 호되게 당한 대미지가 아직 회복되지 않은 게 분명하다.

그러면서도 마계가 현 세계를 정복하는 것을 도우려고 마쇼디크의 몸에 들어왔던 것이다.

'이놈은 여태까지 마쇼디크를 숙주로 삼았었다……'

민덴허토샤크는 마쇼디크의 몸에 들어가서 그를 치료해도 되지만 강도를 제압하기 위해서 지금처럼 행동하고 있는 것 같았다.

'나는 디오다……'

강도 자신은 인정하지 않지만 수많은 사람들, 그리고 뭄바의 정신 말라이카조차도 그를 디오라고 인정했었다.

'이까짓 대미지 입은 이슈텐의 능력 따위에게……'

강도는 평소 자신이 알지 못하는 능력이 자신에게 내재되어 있는 느낌을 받았었다.

그때 민덴허토샤크에게 조종당하고 있는 강도가 마쇼디크에게서 손을 떼고 몸을 세웠다.

마쇼디크 뒷목의 뻥 뚫렸던 구멍은 마치 용접으로 접합한 것처럼 울퉁불퉁하게 메워져 있었다.

"으음……."

그리고 마쇼디크가 비틀거리면서 몸을 일으켰다.

강도는 자신에게 불과 몇 초 정도밖에 시간이 없다는 것을 깨달았다.

'나와라, 디오의 힘이여…….'

그는 자신의 몸 어딘가에 있을 디오를 간절하게 불렀다.

마쇼디크가 비틀거리면서 강도 쪽으로 몸을 돌렸다.

그가 쳐다보자 강도의 입에서 마계 필드빌라그의 언어가 흘러나왔다.

"이놈은 내가 제압했다."

강도의 목소리가 분명한데 그는 그런 말을 하지 않았다.

"우선 이놈을 죽여라."

강도의 목소리를 빌어서 민덴허토샤크가 마쇼디크에게 지시했다.

척!

마쇼디크는 바닥에 떨어져 있는 롱소드를 집었다.

그는 롱소드를 뺀어 칼끝을 강도의 목에 대고 얼굴을 찌푸리며 물었다.

"넌 누구냐?"

강도가 대답하지 않자 마쇼디크는 칼끝에 약간 힘을 주었다.

슥…….

그런데 칼끝이 철벽에 부딪친 것처럼 꼼짝도 하지 않았다.

강도의 몸은 금강불괴다.

비록 민덴허토샤크에겐 당할지라도 마쇼디크 같은 마족의 칼은 그의 몸에 흠집조차 내지 못한다.

"음?"

마쇼디크는 눈살을 찌푸렸다.

그리고 그의 머리가 빠르게 회전했다.

"설마 너……."

그의 얼굴이 차갑게 굳었다.

"킨트빌라그의 절대신군이냐?"

민덴허토샤크에게 제압된 강도의 얼굴은 무표정했다.

그는 마쇼디크가 자신을 죽이지 못한다는 사실을 알고는 조금 배짱이 생겼다.

"그렇다."

강도의 목소리가 건조하게 흘러나왔다.

제31장
쓸어버림

마쇼디크는 움찔 자신도 모르게 한 걸음 뒤로 물러났다.

"그렇다면 디오……"

순간 강도는 자신의 몸이 급속하게 팽창하는 것을 느꼈다.

자신이 디오라고 판단한 민덴허토샤크가 공격하는 것이라는 생각이 들었다.

"끄으으……"

강도는 온몸이 더 이상 감당하지 못하는 풍선처럼 탱탱해져서 몸속의 모든 것이 한꺼번에 폭발할 것만 같았다.

'꺼져라!'

그 순간 그의 정신이 누군가에게 명령을 했다.

쓔와앙!

그 순간 그의 몸에서 푸른빛이 정면을 향해 일직선으로 뿜어져 나갔다.

퍼퍼어어…….

푸른빛은 벽을 뚫고 밖으로 사라졌다.

그렇지만 벽에는 구멍은커녕 흠집조차 나지 않았다.

"허억……."

폭발할 것 같은 팽창감에서 벗어난 강도는 민덴허토샤크가 몸에서 나갔음을 깨달았다.

조금 전까지 눈앞에 있던 마쇼디크도 보이지 않았다.

강도가 디오라고 판단하고는 도망친 것이다.

실내를 둘러보니까 마쇼디크는 보이지 않고 침대에서 칠러 그만 피를 흘리고 있었다.

강도는 여길 벗어나야겠다고 생각했다.

민덴허토샤크가 돌아올 수도 있으며 다시 한 번 그와 마주치면 살아서 나가지 못할 것 같았다.

강도가 방금 전에 민덴허토샤크를 물리친 것 같은 상황을 아무 때나 만들어낼 수 있으면 혼자서 이곳 섹헤이를 몰살시킬 수도 있을 것이다.

즉, 상시 디오의 능력을 발휘할 수 있다면 무서울 게 없다.

그렇지만 죽기 직전이 돼서야 천만다행으로 디오의 능력이 간신히 나타나는 게 현실이라서 목숨이 열 개라도 감당이 안 된다.

목적했던 마쇼디크와 민덴허토샤크를 죽이지 못하고 괜한 경계심만 심어주고 말았다.

강도는 바닥에 떨어져 있는 롱소드를 집고는 침대에 쓰러져 있는 칠러그의 안고 그 자리에서 연기처럼 사라졌다.

스으…….

강도는 한남동 저택 본채 이 층 자신의 침실에 나타났다.

그는 칠러그를 침대에 던지듯이 내려놓고는 슬쩍 눈살을 찌푸렸다.

칠러그는 벌거벗은 몸인데다 롱소드에 찔린 가슴에서 피를 흘리고 있다.

그녀에게서 흐르는 피가 침대의 이불을 적셨다.

그리고 보니까 그녀를 안고 온 강도의 앞섶도 붉게 물들었다.

그는 섹헤이가 대한민국을 침공하는 것에 대비해서 어떤 작은 보험을 들어둔다는 생각으로 칠러그를 데려왔다.

구체적인 계획은 없지만 그녀가 하롬의 약혼녀이기 때문에 추후 일이 잘못되면 그녀가 어떤 브레이크 역할을 해줄 수도 있을 거라고 막연하게 생각했다.

여자를 납치하는 게 비열하지만 지금은 그런 걸 따질 때가 아니다.

그런데 배알이 뒤틀렸다.

마쇼디크와 민덴허토샤크를 죽이러 갔다가 된통 당하고만 왔다는 사실 때문에 자존심에 커다란 상처를 입었다.

민덴허토샤크에게 두 번 당한 묵직한 통증이 상처에 왕소금까지 뿌렸다.

그때 칠러그가 가느다란 목소리로 말했다.

"당신 디오우르인가요……?"

그녀는 조금 전 섹헤이에서 마쇼디크가 하는 말을 들었다.

상처가 깊고 피를 많이 흘린 그녀는 안색이 아주 창백했다.

"디오우르……."

그녀는 눈이 반쯤 감겨서 중얼거렸다.

그녀는 쾰드빌라그의 신 이슈텐을 한 번도 본 적이 없었다.

이슈텐은 군주 너지키라이에게만 모습을 나타내는 것으로 알고 있다.

강도는 그녀를 쳐다보며 어금니를 악물었다.

'그래, 나는 디오다……!'

그는 칠러그의 정신을 읽고 그녀가 죽는 것을 몹시 두려워한다는 것, 그리고 쾰드빌라그의 5위 렐레크부바르부터 군주인 키라이까지 귀족 계급은 피를 흘린다는 사실, 그녀와 하롬, 마쇼디크 등이 현 세계 인간의 정혈을 복용하여 인간의 모습으로 탈바꿈했다는 사실 등을 알게 되었다.

강도는 나중을 위해서라도 보험인 칠러그를 살려둘 필요가 있다고 생각했다.

갑자기 칠러그의 머릿속에서 웅웅 울리는 소리가 들렸다.

—살고 싶으냐?

강도가 육성이 아닌 정신으로 그녀의 정신에 의미를 전하고 있었다.

칠러그는 축 늘어진 채 몸을 가늘게 부들부들 떨면서 거의 감긴 눈으로 강도를 보려고 애썼다.

"제발……."

그녀의 얼굴에 죽음에 대한 공포가 역력하게 떠올랐다.

—살려주면 어떻게 하겠느냐?

칠러그는 입술을 달싹거렸지만 이미 말을 할 기력이 없는 상태가 되었다.

하지만 강도는 살려만 준다면 그의 종이라도 되겠다는 그녀의 간절한 생각을 읽었다.

강도는 섹헤이로 다시 돌아가기로 결정했다.

배알이 뒤틀리고 자존심이 상했기 때문이기도 하지만 그보다 더 큰 이유가 있어서다.

지금 손을 쓰지 않으면 사흘 후에는 서울에 화산 폭발과 대지진이 일어날 것이기 때문이다.

마쇼디크를 죽이면 시간을 벌 수 있다.

강도는 아까처럼 지저의 강이 지저 호수로 흘러드는 장소가 아니라 다른 명령을 내렸다.

─민텐허토샤크 뒤로!

더구나 트랜스폰도 사용하지 않았다.

그런데도 그가 섹헤이 마쇼디크 뒤로 공간 이동을 한다면 그는 디오가 맞다.

디오가 아니고서야 어떻게 트랜스폰과 좌표도 없이 섹헤이로 갈 수 있겠는가.

스으……

강도는 섹헤이 특유의 어두컴컴한 공간에 서 있는 누군가의 뒤에 기척도 없이 나타났다.

트랜스폰과 좌표도 없이 섹헤이로 이동했으니까 일단 성공이다.

그와 동시에 강도의 오른손이 오른쪽에서 왼쪽으로 그어졌다. 그어져 가는 강도의 오른손에 그의 애검 유성검이 전송되어 잡혔다.

사악…….

"끄윽……."

유성검이 앞에 서 있는 자의 목을 단칼에 잘랐다.

서 있던 자는 자신이 누구에게 왜 죽는지도 모르는 상태로 잘라진 머리가 바닥에 떨어졌다.

머리를 잃고 우뚝 서 있는 자의 잘라진 목에서 핏물이 분수처럼 수직으로 뿜어졌다.

서 있다가 죽은 자의 앞에는 마군 지휘관 20여 명이 줄지어 서 도열해 있다가 그 광경을 보고 놀라 소리를 질렀다.

강도는 그 자리에 우뚝 서서 민덴허토샤크의 공격에 대비하여 속으로 크게 외쳤다.

'나는 디오다!'

그 순간 강도 뒤에서 푸른빛의 민덴허토샤크가 그의 등을 향해 기척도 없이 쏘아왔다.

강도가 절대신군이라면 결코 감지하지 못할 공격이다.

그런데 강도가 감쪽같이 사라지고 민덴허토샤크는 허공을 갈랐다.

빛처럼 빠른 민덴허토샤크가 허공에서 뚝 멈추자 돌연 위쪽에서 강도가 무섭게 빠른 속도로 하강하며 두 손으로 잡은 파멸도를 그어 내렸다.

그는 민덴허토샤크의 공격을 피해 공간 이동을 하면서 파멸도를 전송받았다.

쿠오오오!

절대신군이 극강으로 전개한 공격하고는 비교도 되지 않는 가공할 위력의 시뻘건 광채가 파멸도에서 뿜어져 푸른빛을 쪼갰다.

쫘드등!

파멸도가 민덴허토샤크에게 닿기도 전에 엄청난 폭음이 터졌다.

바닥이 수십 미터 길이와 십여 미터 폭으로 갈라져서 군막 전체가 붕괴하기 시작했다.

우지직…….

"우와아!"

"무너진다! 피해라!"

군막 안에 있던 마군 지휘관들은 한꺼번에 입구 쪽으로 몸을 날렸다.

허공에 떠 있는 강도는 민덴허토샤크가 마지막 순간에 피하는 것을 보았다.

우르르…….

갈라진 바닥으로 조금 전에 잘라진 머리통 하나가 굴러 떨어지는데 마쇼디크가 아니다.

준수한 서양 청년의 모습을 하고 있는 것으로 봐서는 영주 페헤르외르데그인 것 같았다.

강도는 민덴허토샤크 뒤로 이동하겠다고 명령을 했는데 마쇼디크가 아니라 페헤르였다.

왜 그랬는지 이유는 알 수 없지만 민덴허토샤크가 페헤르 몸속에 있었다는 얘기다.

쾅!

강도는 무너지는 군막을 뚫고 밖으로 튀어 나갔다.

군막 위 지하 광장의 천장까지 맞닿아 있는 거대한 기둥 전체가 무너져서 쏟아져 내리고 있었다.

그런데 부서진 기둥의 크고 작은 수천 개의 암석 조각들이 일제히 강도를 향해 맹렬한 속도로 쇄도했다.

콰아아앗!

"이 자식."

일격을 피한 민덴허토샤크의 반격이다.

강도는 파멸도를 휘두르면서 암석 조각들의 소나기 같은 공격에서 벗어나며 명령했다.

'민덴허토샤크 뒤!'

0.0001초 만에 강도는 푸른빛 민덴허토샤크의 뒤로 이동했다.

그런데 강도가 나타나는 것과 동시에 민덴허토샤크가 맹렬하게 부딪쳐 왔다.

공격할 자세만 취하고 있던 강도는 급히 파멸도를 휘둘렀다.

콰릉!

"흐윽……."

강도와 민덴허토샤크가 동시에 뒤로 밀렸으나 신음 소리는 강도만 냈다.

민덴허토샤크는 형체가 없는데 강도는 사람이기 때문이다.

밀려난 강도가 주춤거리고 있는데 갑자기 주위가 대낮처럼 밝아졌다.

강도는 본능적으로 호신막을 펼쳤다.

번쩍!

그 순간 강도를 중심으로 새하얀 섬광이 번뜩였다.

주위가 온통 새하얗게 변하면서 심연처럼 고요해졌다.

강도는 뭔가 해야 한다고 생각했다.

그러나 그가 어떤 행동을 취하기도 전에 너무 밝아서 한 치 앞도 보이지 않는 백광(白光)이 대폭발을 일으켰다.

쾅!

호신막이 산산조각 나고 강도는 가랑잎처럼 날아갔다.

입안에 비릿한 피비린내가 진동했다.

'이런 빌어먹을…….'

민덴허토샤크는 이슈텐의 능력으로 수십만 년, 아니, 그보다 더 오랜 세월을 살아왔다.

그렇지만 강도는 자신이 디오라는 확신도 없는 데다 디오의 능력인 포르차를 갖고 있지도 않다.

휴웅—

거대하고 길쭉한 원뿔 모양의 암석 하나가 강도의 전방에서 빛처럼 빠르게 날아왔다.

방금 전의 엄청난 대미지 때문에 균형을 잃고 빙글빙글 돌면서 날아가고 있는 강도는 자신을 향해 날아오고 있는 원뿔 모양 암석을 발견하고 자세를 바로 잡았다.

쩌적!

파멸도를 위에서 아래로 긋자 쏘아오던 원뿔 모양 암석이 정확하게 절반으로 쪼개졌다.

원뿔 모양 암석이 5m 앞에서 쪼개지는데 그 속에서 예상하지도 않은 민덴허토샤크가 뿜어져 나왔다.

떠엉!

"크흑!"

민덴허토샤크의 무시무시한 에너지가 고스란히 강도의 온몸을 짓이겼다.

강도는 총알보다 더 빠르게 뒤로 퉁겨 날아가는데 고통이 너무 극심해서 느껴지지 않았고 정신이 가물가물했다.

콰콰쾅!

그는 암석 벽을 뚫고 그 속으로 깊숙이 쑤셔 박혔다.

좁고 긴 구멍 속에 틀어박힌 강도는 정신이 멍해졌다.

떠엉!

그때 민덴허토샤크가 다시 한 번 무지막지한 위력으로 강도를 가격했다.

강도는 암석 속으로 더 깊이 파묻혔다.

"으으……."

그는 힘껏 움켜쥔 종잇장처럼 오그라들어서 암벽 속 100m 이상 깊이에 파묻혀 옴짝달싹도 하지 못했다.

그때 암석 조각들이 구멍 속으로 기관총탄처럼 마구 틀어박혔다.

쿠쿠쿠쿵! 쿠쿵!

강도에게 여기에서 빠져나갈 겨를이나 힘도 없었지만 설혹 있었다고 해도 그러기도 전에 암석들이 쏟아져 들어와서 구멍을 꽉 막아버렸다.

빛 한 점 들어오지 않고 깜깜했다.

몸이 어떻게 됐는지 손가락 하나 까딱할 수가 없다.

이렇게 단단한 암석 속에 100m 이상 박혀 버리면 절대신군이라고 해도 뾰족한 방법이 없다.

민덴허토샤크가 이런 식으로 나오는 걸 보면 강도의 약점을 간파했는지도 모른다.

삼신들은 각자 본신(本神)과 능력, 그리고 수호령 세 개로 분신(分神)되어 있다.

디오는 본신인 디오와 능력인 포르차, 수호령 스피리토 세

개가 합쳐져야 완전체가 된다.

이슈텐은 본신과 민덴허토샤크, 외런절(ôrangyal).

그리고 뭄바는 에찌(Ezi), 말라이카다.

민덴허토샤크는 강도를 디오의 본신이라고 생각하지만 그에게 포르차가 없다고 판단한 것 같다.

강도에게 포르차가 있었다면 그런 식으로 허접하게 싸우지는 않았을 것이기 때문이다.

민덴허토샤크는 제대로 정확하게 간파했다.

디오의 본신을 이런 식으로 매장해 버리면 포르차가 없는 한 절대로 빠져나오지 못할 것이다.

'으으… 이런 개 같은…….'

강도는 자신이 이런 형편없는 상황에 처할 것이라고는 상상조차 해본 적이 없었다.

아무것도 보이지 않고 아무 소리도 들리지 않는다.

그는 숨을 쉬지 않고 몇 시간 정도는 버틸 수 있지만 이렇게 무기력한 상태로는 아무것도 할 수가 없다.

강도는 공간 이동을 시도해 보았다.

'저택으로…….'

그러나 그는 여전히 깜깜하고 아무 소리도 들리지 않는 곳에 구겨져 있다.

속으로 말을 작게 해서 그런가 싶어 악을 썼다.

"집으로 가자!"

여전히 꼼짝도 하지 않았다.

쇳물 속에 던져졌다가 쇠가 굳어버리면 손가락 하나 까딱할 수 없는 것처럼, 지금 강도가 그랬다.

쿵… 쿵… 쿵…….

멀리서 묵직한 소리가 들렸다.

민덴허토샤크가 구멍을 더 단단하게 틀어막고 있다.

강도의 뇌리로 별별 생각과 추억들이 주마등처럼 빠르게 떠올랐다가 사라져갔다.

지금껏 살아오면서 이런 엿 같은 상황은 한 번도 경험해 본 적이 없었다.

이런 상황에 처해서 생각해 보니까 찢어지게 가난했어도 엄마와 여동생 강주하고 셋이서 허덕허덕 살아갔던 시절이 정말 행복했었다.

정말 지독하게도 어렵게 대학 3학년 다니다가 군대에 다녀와서 복학할 등록금 마련하느라 공사장 야간 경비 일을 열심히 다녔었는데…….

대학 졸업해서 취직하여 번듯한 직장을 잡으면 엄마하고 강주 돈 걱정 하지 않고 행복하게 해주려고 했었는데…….

어느 날 아침에 갑자기 무림이라는 곳에 내던져졌다가 절대신군이 되어 현 세계에 돌아왔다.

그러고는 엄마하고 강주 얼굴도 제대로 볼 시간마저 없이 마계와 요계를 때려잡는다고 미친놈처럼 돌아다니다가 이 꼴이 되고 말았다.

강도가 이렇게 된 건 그의 선택이 아니었다.

그는 그저 평범한 대한민국의 청년, 아니, 평범 이하의 군상 중 한 명이었다.

'이럴 거면 왜 날 선택한 거냐……'

강도가 디오라고?

도대체 그가 언제 인간들을 창조하고 이슈텐, 뭄바와 싸워서 이겼다는 말인가.

이런저런 생각을 하면서 속으로 욕을 퍼붓고 있는 강도의 정신은 점점 꺼져갔다.

활활 기세 좋게 타오르던 모닥불이 꺼지고 마지막 하나 남은 숯불의 빨갛던 불조차도 꺼져가는 것처럼 그는 스러져 가고 있었다.

'디오 좋아하네… 신이 죽냐……'

강도는 지금 깜빡거리고 있는 정신마저도 놔버리면 정말 죽는 거라는 생각이 들었다.

'제길… 포르차만 있었으면……'

마지막에는 이어지지 않는 생각이 이것저것 중구난방으로

떠올랐다.

그러다가 그 생각마저도 할 수 없게 되었다.

……:

—여보.

"……."

무슨 소리가 강도를 깨웠다.

깨고 나서야 그는 자신이 죽어가고 있었다는 걸 알았다.

방금 무슨 소리가 그를 깨우지 않았으면 죽는 것도 모르는 채 죽었을 것이다.

—여보, 사랑해요.

유빈의 목소리다.

그것은 필경 환청일 것이다.

그렇지만 그 환청이 죽어가는 강도를 일깨웠다.

아니, 일깨웠다기보다는 발악하게 만들었다.

강도는 꺼져가는 정신을 긁어모았다.

그러고는 입속으로 돌가루가 들어가는지도 모르고 그는 처절하게 울부짖었다.

"포르차—!"

섹헤이 어느 군막 안에는 자축과 슬픔의 상반된 분위기가 감돌고 있었다.

디오가 암벽 속 깊이 매몰되어 지금쯤 죽었거나 죽은 것이나 다름이 없는 상태라는 사실 때문에 마쇼디크는 희희낙락 얼굴이 환했다.

반면에 하롬은 약혼녀 칠러그가 사라진 것 때문에 슬픔에 빠져 있었다.

하롬은 디오에게 정신이 제압당해 있었지만 디오가 죽음으로써 이제 자유로워졌다는 기쁨마저도 맛보지 못했다.

칠러그는 도대체 어디로 사라진 걸까?

마쇼디크는 디오의 롱소드에 목을 찔렸다가 민덴허토샤크에게 치료를 받았지만 아직 온전한 상태가 아니다.

그런 그가 칠러그를 어딘가에 감췄을 리 없다.

또한 그럴 이유도 없다.

한때 마쇼디크가 칠러그를 연모했었지만 그건 옛날이다.

이제 하롬은 마쇼디크의 강압에 못 이겨서 서울 근교에 화산 대폭발과 대지진을 일으켜야 한다.

그것은 하롬이 원하는 게 아니다.

현 세계 인간의 문명을 죄다 파괴하는 행위는 결코 현명한 방법이 아니다.

군막 내의 어느 방 안에는 마주 보고 앉아 있는 마쇼디크와 하롬 둘뿐이다.

마쇼디크는 주먹을 쥐고 강한 어조로 말했다.

"하롬, 화산 폭발과 대지진을 앞당겨라. 내일 저녁에 실행할 수 있도록 해라."

"형님……."

"너하고는 더 이상 언쟁하고 싶지 않다."

"그렇지만 킨트빌라그의 문명을 파괴하는 것은……."

마쇼디크는 손바닥을 펼쳐서 하롬의 말을 막았다.

"이건 명령이다."

"아무리 둘째 형님의 명령이지만……."

"내 명령이 아니다."

하롬은 의아한 표정을 지었다.

"아버님 명령입니까?"

"아버님보다 더 높은 분이시다."

"설마……."

하롬의 뇌리에 한 존재가 떠올랐다.

마쇼디크는 공손히 허리를 굽혔다.

"펠세그(Felség:존엄)시여."

"……."

하롬은 움찔 놀랐다.

그리고 더욱 놀라운 광경이 그의 눈앞에서 펼쳐졌다.

허리를 펴는 마쇼디크의 몸에서 한 줄기의 푸른빛이 위로 스르르 빠져나왔다.

그러고는 그것이 마쇼디크 옆에 하강하면서 사람의 형상으로 변했다.

은은한 푸른 광채를 발하고 있는 사람 형상이다.

이목구비와 세세한 모습 같은 것은 없는 단순한 형상뿐이지만 하롬은 그게 필드빌라그의 절대신 이슈텐이라는 사실을 직감했다.

"아아……."

하롬은 온몸을 부들부들 떨면서 그 자리에 무릎을 꿇고 푸른 형상을 향해 머리를 조아렸다.

"펠세그시여. 소인 하롬입니다……."

필드빌라그의 군주인 키라이 일족에겐 '우르'라는 존칭을 쓰지만 이슈텐은 극상의 존칭인 '펠세그'를 사용한다.

오로지 이슈텐에게만 펠세그라고 칭하며, 이슈텐 본신이나 민덴허토샤크, 외런절 모두에게 사용한다.

민덴허토샤크의 뜻이 하롬에게 전해졌다.

ㅡ마쇼디크의 명령에 따라라.

말도 아닌 그 무엇이 하롬의 뇌리에 뚜렷이 각인되었다.

하롬은 이마를 바닥에 댔다.

"소인 하롬이 명령을 받듭니다."

마쇼디크가 느긋하게 미소 지으며 말했다.

"일어나라, 하롬."

하롬이 조심스럽게 일어서는데 갑자기 먼 곳에서 굉음이
터졌다.

쿠아앙—!

마쇼디크가 깜짝 놀라고 있는데 사람의 형상을 하고 있는
민덴허토샤크가 그 자리에서 사라졌다.

—디오가 나왔다.

마쇼디크와 하롬의 뇌리에 민덴허토샤크의 뜻이 전해졌다.

마쇼디크의 얼굴이 일그러졌다.

"디오가……."

강도가 파묻혀 있던 동쪽 암벽 지상에서 30m 높이에 커다
란 구멍이 뚫려 있었다.

깊이가 100m 이상 되는 구멍이다.

구멍이 뚫리면서 쏟아져 내린 바윗덩이들이 여러 개의 군막
을 덮쳐서 박살 냈다.

암벽의 구멍 앞쪽 허공에는 강도가 우뚝 서 있으며 몸에서
은은한 광채가 뿜어졌다.

죽음 직전에 내지른 그의 처절한 절규가 포르차를 불렀다.

그리고 포르차가 그를 절망에서 건져냈다.

강도 아래 지상에는 군막에서 나온 수만 명의 마군들이 강

도를 올려다보면서 놀라고 있다.

바로 그때 사람의 형상을 하고 있는 민덴허토샤크가 그곳에 도착했다.

민덴허토샤크는 몸에서 금빛 광채를 뿜어내고 있는 강도를 발견하고는 멈칫했다.

—디오…….

그때 강도가 민덴허토샤크를 발견하고 빛처럼 쏘아왔다.

강도는 무기를 지니고 있지 않았다. 그러나 그는 쏘아오면서 민덴허토샤크를 향해 무언가를 던졌다.

던질 때는 빈손이었지만 그의 손에서 금빛 빛줄기가 폭발하듯이 날아가다가 한 자루의 창으로 변했다.

강도에겐 원래 그런 무기가 없었다.

강도가 던진 것은 디오의 능력인 포르차다.

유성검이나 파멸도 같은 인간의 무기로는 절대로 신에게 대미지를 입히지 못한다.

신을 상대할 때는 신의 무기 신병(神兵)으로 싸워야 한다.

민덴허토샤크는 날아오는 창을 피하지 못하고 사람 형태에서 방패 형상으로 급히 변했다.

꽈르릉!

금빛 창이 푸른빛 방패에 부딪치면서 폭음이 터졌다.

방패를 뚫지는 못했지만 일그러져서 땅에 내동댕이쳐졌다.

그때 마쇼디크가 나타났다.

—마쇼디크, 손을 뻗어라.

민덴허토샤크의 명령에 마쇼디크가 오른손을 뻗자 방패가 날아가면서 검으로 변해 그의 손에 잡혔다.

스우웃—

어느새 강도가 날아와 마쇼디크에게 부딪쳐 가면서 오른손을 뻗었다.

금빛 창 포르차는 강도의 오른손에 잡혀서 이번에는 금빛 검으로 변했다.

기우웅—

3m 길이의 금빛 검은 그대로 마쇼디크를 베어갔다.

마쇼디크가 급히 푸른 검을 휘두르자 두 자루 검이 격돌하며 금광과 청광을 뿜어냈다.

꺼껑—

사방으로 흩뿌려진 금광과 청광에 적중된 마군들이 무더기로 태풍에 휩싸인 것처럼 날아갔다.

"으아악!"

"와아악!"

강도와 마쇼디크의 손을 빌리기는 하지만 이것은 순수한 신들의 대결이다.

"윽……"

마쇼디크는 충격을 받고 뒤로 주르르 밀렸다.

"이 새끼 죽엇!"

강도는 틈을 주지 않고 득달같이 덮쳐가며 검을 휘둘렀다.

뒤로 밀리던 마쇼디크는 재빨리 활을 쏘는 동작을 취했다.

타앗—

순간 검이 화살로 변해 번개처럼 강도를 향해 쏘아왔다.

강도는 허공으로 솟구쳐서 발밑으로 화살을 스쳐 보내고는 마쇼디크를 향해 수직으로 내리꽂혔다.

숙—

구우웃—

금검이 마쇼디크의 정수리로 그어 내렸다.

금검을 피하지 못한 마쇼디크는 얼굴이 사색으로 변했다.

그 순간 쏘아졌던 화살이 어느새 돌아와 마쇼디크 머리 위에 방패로 변했다.

떵!

금검은 푸른 방패에 부딪쳐서 또다시 금광과 청광을 파도처럼 사방으로 뿌려댔고, 거기에 적중된 마군들이 한꺼번에 수백 명이나 휩쓸려 날아갔다.

마쇼디크는 방패 아래에서 털끝 하나 다치지 않았다.

강도는 금검을 들어 올려 다시 내려쳤다.

그어 내리면서 금검은 커다란 도끼로 변했다.

쾅! 쾅! 쾅!

금도끼 금부(金斧)가 연달아 세 번 내려찍자 방패에 균열이 가기 시작했다.

금부가 네 번째 가격을 위해서 위로 치켜질 때 방패가 수백 개의 작은 화살로 변해 강도에게 쏟아졌다.

쏴아앗!

그어 내리던 금부가 느닷없이 활짝 펼쳐지면서 단단한 금빛 그물로 변해 화살들을 통째로 뒤덮었다.

퍼억…….

화살들이 한쪽으로 몰려 칼로 변해서 그물을 뚫고 나갔다.

강도는 그림자처럼 따라가서 청검이 마쇼디크 손에 잡히기 전에 금도(金刀)로 찍었다.

쩌껑!

청검이 주춤할 때 다시 한 번 내려찍었다.

꺼껑!

청검이 여지없이 절반으로 부러졌다.

방금 전 민덴허토샤크가 방패였을 때 금부에 두드려 맞아 균열하면서 대미지를 입었는데 이번에 청검이 절반으로 부러지며 더 큰 대미지를 입었다.

금도가 갈고리로 변해 부러진 청검을 움켜잡으려고 했다.

쏴아…….

그런데 갑자기 강도 눈앞이 새카맣게 암흑으로 변했다.

이곳은 원래 어두운 지하 광장인데 지금은 아예 먹물처럼 새카맣게 변했다.

파아……

그러나 포르차 앞에서 암흑은 무용지물이다. 나타날 때보다 더 빠르게 사라졌다. 그러나 불과 0.001초 사이에 두 동강 난 민덴허토샤크가 사라졌다.

강도가 재빨리 주위를 둘러보는데 포르차는 이미 그의 손을 벗어나 지하 호수 쪽으로 금빛이 되어 쏘아가고 있다.

포르차가 쏘아가는 전방에 푸른빛 민덴허토샤크가 도망치고 있는 게 보였다.

콰아아ㅡ

지하 호수의 물이 위로 솟구쳐 천장까지 맞닿아 거대한 물벽을 만들었다.

물로 이루어진 벽이지만 포르차가 만들었기에 그것은 철벽보다 강하다.

민덴허토샤크가 방향을 꺾어 급전직하 호수 속으로 쏘아들어갔고 포르차도 뒤따라 물속으로 곤두박질쳤다.

강도는 호숫가로 쏘아갔다.

민덴허토샤크와 포르차가 뛰어든 호수는 잠잠했다.

강도는 잠시 기다렸으나 아무도 나오지 않았다.

문득 그의 입가에 잔인한 미소가 매달렸다.

그는 천천히 돌아섰다.

마군들이 다가오고 있는 게 보였다.

마계 3위 페헤르외르데그, 4위 빌람, 5위 렐레크부바르 같은 귀족들이 보였다.

그리고 그들이 이끄는 그 아래 계급의 마군 수천, 아니, 수만 명이 구름처럼 겹겹이 모여들고 있다.

여기에는 마군 50만 명이 우글거리고 있다는데 절대신군, 아니, 디오를 죽이려고 다 모여들고 있는 것이다.

저만치 마군 맨 앞에 마쇼디크가 잔인한 미소를 지으며 서 있는 게 보였다.

디오의 능력인 포르차가 민텐허토샤크를 쫓아갔으니까 그 사이에 디오를 죽이려고 작정을 한 게 분명하다.

마군 50만 명이면 디오를 죽일 수 있을 것이라고 생각한 모양이다.

"이것들이……."

마쇼디크는 포르차가 없는 디오는 그저 절대신군 정도일 것이라고 믿는 것 같았다.

그렇다면 이 시점에서 강도가 할 일은 하나다.

그게 얼마나 무모한 행동이었는지 뼛속까지 후회하도록 만들어주는 것이다.

강도는 지금이라도 트랜스폰을 이용하여 이곳에서 빠져나
갈 수가 있다. 하지만 그러고 싶은 생각이 손톱만큼도 없다.

포르차가 민덴허토샤크를 잡는 동안 강도는 여길 쓸어버릴
생각이다.

강도 혼자서 여길 쓸어버릴 수 있을지 없을지는 미리 가늠
해 보지 않았다.

그는 원래 무모한 성격이 아니지만 지금처럼 잔뜩 열 받았
을 때는 예외다.

마군들은 조금 전보다 더 많이 모여들었고, 20m 거리에 있
던 선두가 천천히 포위망을 좁혔다.

강도는 더 기다릴 것 없이 전면의 마쇼디크를 향해 곧장 내
달렸다.

슈욱!

쏘아가는 그의 오른손에 유성검이 잡혔다.

스웅…….

마쇼디크가 뒤로 빠지면서 전면과 좌우에서 마군들이 일제
히 강도에게 덮쳐들었다.

무더기로 덮쳐오는 마군들 때문에 마쇼디크의 모습이 보이
지 않았다.

유성검이 허공을 갈랐다.

번쩍!

마군들의 머리가 앞다투어 허공으로 떠올랐다.

마쇼디크는 어디에 있는지 보이지 않았다.

어딘가에 숨어서 마군을 지휘하고 있는 것 같다.

파아아―

강도가 휘두르는 유성검에 마군들 목이 수수깡을 베듯이 무더기로 잘라져 나가고 있다.

"끄윽……."

"허억……."

마군들은 처절한 비명도 지르지 못하고 쥐어짜는 듯 답답한 신음 소리만 내며 머리와 몸뚱이가 분리되어 땅바닥에 나뒹굴었다.

강도는 한 시간 동안 쉬지 않고 유성검을 휘둘러 마군을 무려 천여 명이나 죽였다.

한 번 유성검을 휘두를 때마다 평균적으로 5명밖에 죽이지 못했다.

마족은 반드시 목을 잘라야지만 죽기 때문에 그게 좀 까다로웠다.

그냥 아무 곳이나 자르고 찔러도 된다면 일검에 수십 명씩 죽일 수 있지만 목을 잘라야 한다는 것이 지랄 같았다.

그래도 그런 식으로 한 시간에 천 명이면 많이 죽인 것이다.

강도가 무림에 있었던 8년 동안 죽인 무림인을 다 합쳐도 천 명이 되지 않았다.

그는 무림에서의 8년 동안 죽인 것보다 더 많은 생명을 한 시간 만에 죽인 것이다.

롱소드를 사용하여 마군의 아무 곳이나 급소를 찌르면 죽을 테지만 롱소드는 찌르기 전용이라서 마땅치가 않다.

일대일로 싸울 때는 롱소드가 제격이지만 이렇게 어마무시하게 많은 적을 상대로 드잡이를 벌일 때는 유성검이나 파멸도가 적당하다.

마군들은 강도의 옷자락조차 건드리지 못했다.

아니, 그에게 접근하든가 공격하려고 몸을 날리는 족족 우수수 추풍낙엽처럼 죽어갔다.

강도는 조금도 지치지 않았다.

그는 마치 양 떼 속으로 뛰어든 한 마리 사자나 호랑이처럼 닥치는 대로 베고 또 베었다.

원래 마족 필드엠베르들은 무서움을 모르기 때문에 겁먹고 도망치지 않고 끝없이 공격만 했다.

지금 이 광경은 싸움이라기보다는 일방적인 도륙이다.

마군들은 어서 죽여달라고 떼거리로 몰려들고 있다.

"으음……."

마쇼디크는 강도의 시선이 미치지 않는 곳에서 그를 지켜보며 오만상을 찌푸리고 있다.

언제 나타났는지 하롬이 옆에서 진저리를 쳐댔다.

"형님, 저대로 놔두면 디오가 부하들을 다 죽일 겁니다……!"

두 사람은 어느 군막의 지상에서 30여 m 위쪽 망루 같은 곳에 나란히 서 있다.

마쇼디크는 마군들을 무참히 죽이고 있는 강도에게서 시선을 떼지 않은 채 입술을 잘근잘근 깨물었다.

"이제 겨우 2천 명을 죽였을 뿐이다."

하롬은 미간을 찌푸렸다.

"2천 명이 겨우라는 말입니까?"

마쇼디크는 귀찮은 표정을 지으며 대꾸하지 않았다.

이 두 사람은 형제지만 성격이 근본적으로 판이하기 때문에 의견이 일치하는 부분이 없어서 툭하면 대립한다.

마쇼디크는 목적을 위해서라면 수단과 방법을 가리지 않으며 어떤 희생을 치러도 상관없다고 생각한다.

그렇지만 하롬의 눈에는 동족인 마군들이 1분에 수십 명씩 죽어가는 광경을 보는 것이 고문이다.

군주가 된다면 마쇼디크는 폭군, 하롬은 성군이 될 것이다.

"공격을 멈추라고 하십시오."

하롬의 말은 마쇼디크의 귀에 들리지도 않았다.

"민덴허토샤크 펠세그는 디오의 포르차가 무서워서 도망쳤습니다. 형님은 지금 무얼 기다리는 겁니까?"

마쇼디크는 눈을 가늘게 떴다.

"디오는 지칠 거다."

하롬은 어이없는 표정을 지었다.

"신이 지칩니까?"

"……."

"상대는 신입니다. 그것도 삼신 중에 최강 디오라고요."

"지칠 것이다. 반드시."

"그런 억지스러운……."

퍽!

"억……."

마쇼디크가 주먹으로 하롬의 복부를 강타했다.

쿵…….

"끄으……."

하롬은 무릎을 꿇고 숨을 쉬지 못해서 꺽꺽거렸다.

마쇼디크는 하롬을 굽어보며 잔인한 표정으로 중얼거렸다.

"너는 누가 윗사람인지 종종 망각하는 것 같다."

강도는 마군 3천여 명을 죽였다.

처음 싸움이 시작된 호숫가 근처 반경 100m 이내 바닥에는 목이 잘라진 마군들의 시체가 켜켜이, 그리고 즐비하게 깔렸다.

강도는 지쳤으나 오합지졸 같은 마군을 상대로는 아직 끄떡도 없다.

그러나 부지런히 마군들을 죽이면서 냉정하게 계산을 해보니 앞으로 천 명 정도 더 죽이면 꽤 지칠 것 같고, 거기에서 천 명쯤 더 죽이고 나면 주저앉을 것 같았다.

앞으로 2천 명쯤 더 죽이고 나서 주저앉을 것 같다는 계산에 그는 기분이 상했다.

'이거 보라구. 신이 지치는 거 봤어?'

강도는 마군 4명의 목을 한꺼번에 자르면서 속으로 중얼거렸다. 지치니까 괜히 투정을 부려보는 거다.

사실 그는 자신이 인간과 신 두 개가 합쳐진 존재라고 믿기 시작했다.

그리고 지금은 디오가 아닌 인간 강도의 힘으로 싸우기 때문에 지치는 것이라고 해석했다.

'내 몸 어딘가에 있는 디오를 끄집어내면 네놈들은 끝이다.'

"저놈 지쳤다."

마쇼디크의 목소리에 힘이 실렸다.

"됐다. 이제 샤르카니(Sárkány：용)를 내보내라."

"형님!"

한쪽 의자에 앉아 있던 하롬은 놀라서 벌떡 일어섰다.

마쇼디크가 뒤돌아보며 외쳤다.

"툴러이(Tulaj：우두머리)! 내 말 들었느냐?"

뒤쪽에 부동자세로 서 있는 검은 망토의 사내 질코스의 우두머리 툴러이는 다시 한 번 확인했다.

"몇 마리입니까?"

"다 내보내라! 당장!"

하롬은 설마 마쇼디크가 필드빌라그의 신성한 영물인 샤르카니를 가져왔을 줄은 상상하지 못했다.

지구 표면에서 지저 약 1,000㎞ 깊이에는 지구 전체를 둘러싼 거대한 바다가 있고, 그 바다의 깊이는 평균 800㎞에 이르며, 지구 표면의 바닷물을 다 합친 것보다 더 많은 양의 물이 존재한다.

그 바다는 베그텔렌오체안(Végtelen óceán：끝없는 바다)이라고 부르며, 필드엠베르의 용감한 전사들은 비록 극소수이긴 하지만 탐험을 위해서 거기까지 내려가기도 했었다.

베그텔렌오체안에서 가장 흔한 것은 물이고 두 번째는 다이아몬드, 세 번째가 링우다이트라는 광물, 네 번째가 수많은 종류의 생명체다.

샤르카니는 베그텔렌오체안의 최상위 포식자이며 지배자로 군림하고 있는데, 이슈텐의 도움으로 수십 마리를 포획하여 푈드빌라그에서 사육해 왔었다.

질코스들의 우두머리 툴러이가 목에 손을 댔다.

"샤르카니를 내보내라."

마군은 목에 찰싹 감기는 회색의 링을 두르고 있는데 그걸 손으로 살짝 누르면서 말하면 원하는 상대하고 대화를 할 수 있다.

하롬이 툴러이에게 급히 물었다.

"샤르카니가 몇 마리 있느냐?"

"다섯 마리입니다."

마쇼디크는 하롬을 힐끗 쳐다보았다.

"지켜봐라. 곧 디오를 쓰러뜨릴 테니까."

"반대로 디오가 샤르카니들을 모두 죽이면 어떻게 합니까?"

마쇼디크는 대답하지 않았다.

그럴 리가 없다고 생각하기 때문이다.

하롬은 최악의 상황을 염려하고 있다.

강도가 샤르카니 다섯 마리를 모두 죽이고 포르차가 돌아온다면……

'그럼 끝장이다.'

강도가 쉬지 않고 마군들의 목을 자르는 동안 하롬의 생각이 전해졌다.

'샤르카니라고?'

마쇼디크가 베그텔렌오체안의 포식자 샤르카니 다섯 마리로 강도를 공격하라는 내용이다.

지금까지 강도가 죽인 마군은 3,400명 정도다.

이곳 섹헤이에 있는 마군 50만 명의 1%도 죽이지 못했다.

앞으로 1,600명을 더 죽여야지만 1%를 죽이는 것이다.

마군은 무림으로 치자면 일류고수에서 삼류무사 정도의 실력이 망라되어 있다.

페헤르외르데그나 질코스 정도의 신분이면 일류고수 이상 특급이라고 해야 한다.

그런 마군을 강도 혼자 3,400여 명이나 죽였다는 것은 엄청난 일이다.

그때 지금까지 강도를 공격하던 마군들이 갑자기 썰물처럼 뒤로 물러났다.

강도는 파멸도를 움켜쥐고 심호흡을 하며 날카롭게 주위를 둘러보았다.

그는 조금 지치긴 했지만 싸우지 못할 정도는 아니다.

마군들이 물러나고 있는 것은 샤르카니라는 것들이 등장하기 때문이다.

"나는 디오다."

강도는 작게 중얼거렸다.

지금까지 절대신군으로 싸웠다면 이제부터는 디오로서 싸울 것이라고 스스로에게 최면을 걸었다.

강도는 자신이 어떻게 해야 디오가 되는지 모른다.

'포르차가 없다고 해도 디오는 디오다.'

그는 질끈 눈을 감았다.

'지금부터는 인간 이강도를 버린다.'

샤르카니라는 것이 나타나서 공격할 때 강도가 반격을 하지 않으면 디오가 나타날 것이다.

만약 디오가 나타나지 않으면 강도는 죽는다.

도 아니면 모다.

마군 50만 명과 샤르카니라는 것이 무서워서 꽁무니를 빼느니 아예 여기에서 디오하고 제대로 합일하든가 아니면 죽는 거다.

'내가 디오라면 죽지 않는다.'

저 멀리 어두운 허공에서 무언가 거대한 물체들이 빠른 속도로 날아오고 있다.

크워어억—!

고막을 찢을 것 같은 포효성과 커다란 날개를 펄럭이는 소리가 들렸다.

그런데도 강도는 눈을 뜨지 않았다.

그는 있는 힘껏 어금니를 악물었다.

'나와라, 디오……!'

마쇼디크와 하롬은 눈을 찢어질 듯이 부릅떴다.

"저거……."

마쇼디크는 저 멀리 호숫가를 가리키면서 말을 잇지 못했다.

호숫가 허공에서 한 사람과 다섯 마리의 용이 뒤엉켜서 싸우고 있다.

다섯 마리 용 샤르카니들은 입에서 불을 뿜고 날카로운 이빨과 발톱으로 맹렬한 공격을 퍼부었다.

그런데도 그 사람은 추호도 흔들림 없이 수중의 도를 휘둘러 샤르카니들의 몸을 마구잡이로 찌르고 베었다.

"샤르카니는 디오를 당하지 못합니다……."

하롬이 넋 나간 얼굴로 중얼거렸다.

집채만 한 크기의 샤르카니지만 강도가 도를 휘두를 때마다 여기저기 퍽퍽 잘라지면서 피를 뿜어댔다.

이런 경험은 처음이다.

지금 그에게서 뿜어 나오는 힘은 그의 것이 아니라 매우 생소한 것이다.

그러나 한 번도 사용해 본 적이 없는데도 매우 익숙했다.

그건 단전에서 나오는 내공 같은 게 아니다.

팔을 움직이면 팔에서, 다리를 움직이면 다리에서 무한정의 힘이 쏟아졌다.

디오의 힘이다.

포르차가 없는데도 이 정도라니 굉장하다.

무공으로는 절대로 오를 수 없는 경지.

이것은 차원이 다르다.

지금 강도의 오른손에 쥐어져 있는 파멸도의 빠르기는 원래 그가 휘두르던 빠르기보다 최소한 다섯 배는 빠르다.

파악!

파멸도에 샤르카니의 거대한 날개 윗부분이 잘라졌다.

강도가 보기에 이 샤르카니라는 괴물의 껍질은 무척 단단하고 두꺼워서 대포로도 뚫어지지 않을 것 같았다.

샤르카니의 몸통은 집채만 한 크기지만 날개는 더 커서 단칼에 잘라지지 않았다.

샤르카니에 비해서 강도는 너무 작은 체구다.

그런데도 강도는 거칠 것 없이 샤르카니 사이를 종횡무진 날아다니면서 파멸도를 휘둘렀다.

샤르카니의 목을 자르려고 하는데 그게 쉽지 않았다.

강도가 보기에 샤르카니는 공룡 중에서도 날아다니는 익룡(翼龍)을 많이 닮았다.

사람 머리통 크기의 새빨간 눈에서는 마치 레이저빔이 뿜어지는 것 같았다.

강도가 샤르카니 한 마리의 머리 위로 공간 이동을 하자마자 목을 갈랐다.

카가각!

꾸워어억—!

목이 약간 베어진 샤르카니는 몸부림치면서 강도를 향해 입에서 불을 뿜으며 돌진했다.

강도는 지금껏 샤르카니의 불길을 피했지만 지금은 불길을 정면으로 뚫고 거슬러 오르며 돌진했다.

쇠를 녹일 정도의 수천 도 불길이지만 강도의 옷조차 태우지 못했다.

강도는 호신막 같은 것도 만들지 않았는데 불길은 그의 몸 근처에 근접도 하지 못했다.

불길을 뚫고 들어간 강도의 파멸도가 샤르카니의 목을 맹렬하게 후려쳤다.

카각!

꾸워억—!

방금 전에 잘랐던 부위를 파멸도가 정확하게 두 번째 칼질을 가했다.

샤르카니는 목이 절반 이상 잘라져서 덜렁거리며 추락했다.

강도는 허공에서 방향을 틀어 오른쪽에서 공격해 오는 다른 샤르카니를 향해 빛처럼 날아갔다.

그는 샤르카니를 죽이는 데 최소한 열 번 정도 칼질을 해야 한다는 사실에 조금 짜증이 났다.

열 번 칼질을 해서라도 샤르카니를 죽일 수 있다는 사실에는 조금도 만족하지 못했다.

그는 좀 더 강력한 공격을 가하기로 마음먹었다.

키우웅—

샤르카니를 향해서 휘둘러지는 파멸도의 길이가 무려 10m로 늘어났다.

카가각!

파멸도는 샤르카니의 정수리로 파고들어 사타구니까지 정확하게 두 쪽으로 쪼갰다.

마쇼디크와 하롬은 디오가 샤르카니들을 장난감처럼 다루고 있는 광경에서 눈을 떼지 못했다.

하롬이 입술을 떨면서 중얼거렸다.

"이제 어떻게 할 겁니까, 형님……."

디오가 샤르카니 다섯 마리를 죽일 거라는 예상을 해보지 않은 마쇼디크는 대답이 없다.

"디오가 샤르카니를 다 죽이고 나면 부하들을 죽일 겁니다."

"……."

하롬은 마쇼디크를 쏘아보았다.

"저걸 보고서도 디오가 부하들하고 싸우다가 지칠 거라는 말을 또 할 수 있겠습니까?"

디오는 마군 3,400여 명을 죽이고 나서 샤르카니 다섯 마리와 싸움을 시작했다.

마쇼디크는 디오가 지쳐서 샤르카니를 당해낼 수 없을 것이라고 장담했었다.

마쇼디크는 디오가 두 마리째 샤르카니를 죽이는 광경을 보면서 무겁게 중얼거렸다.

"그래서 너는 어쩔 생각이냐?"

"디오하고 대화를 해볼 생각입니다."

마쇼디크는 하롬을 쳐다보며 와락 인상을 썼다.

"대화? 디오하고?"

"그렇습니다."

마쇼디크는 하롬을 무섭게 노려보았다.

"디오하고 무슨 얘기를 하겠다는 거냐?"

"서로 좋은 방향으로 얘기해야지요."

꾸워어억—!

그때 밖에서 샤르카니의 처절한 비명이 터졌다.

샤르카니 세 마리가 죽었다.

하롬은 샤르카니가 죽는 데 상관이 없다.

"좋은 방향이 뭐냐?"

마쇼디크는 불안한 듯이 디오 쪽을 힐끗거렸다.

"부하들을 살리고 필드빌라그도 사는 겁니다."

"멍청한… 디오가 그렇게 해줄 것 같으냐?"

"디오라고 피조물들을 죽이고 싶겠습니까?"

"피조물? 우리가 디오의 피조물이라는 거냐?"

"그렇습니다."

한쪽에 서 있는 질코스의 우두머리 튤러이와 하롬의 심복 질코스 에르나크, 그리고 두 명의 페헤르외르데그가 움찔 놀라는 표정을 지었다.

"우리 필드엠베르를 창조하신 분은 이슈텐이시다."

하롬은 자르듯이 말했다.

"아닙니다. 디오입니다."

그러면서 하롬은 디오에게 들은 얘기를 해주었다.

디오가 지구상의 모든 인간을 창조했고, 이슈텐과 뭄바가 짜고 협력하여 디오에게 대항하다가 싸움에서 패하여 대빙하기를 일으켰으며, 각각 디오의 창조물 인간들을 이끌고 지저 세계와 외방계로 숨어들었다는 내용을 들은 마쇼디크 등은 놀라움을 감추지 못했다.

하롬의 말은 꽤 설득력이 있었지만 결코 쉽게 믿거나 인정

할 내용은 아니다.

마쇼디크는 하롬을 쏘아보았다.

"너는 그런 사실을 어떻게 알았느냐?"

"저는……."

하롬은 움찔했다.

마쇼디크는 하롬의 빈틈을 발견하고 집요하게 파고들었다.

"필드빌라그에서는 그 따위 허무맹랑한 이론은 가르치지 않는다. 설마 너는 켄트빌라그의 사상에 물든 것이냐?"

"그게 아닙니다."

"그럼 어디에서 그런 말을 들었는지 말해라."

마쇼디크에게는 있는데 하롬에겐 없는 것이 두 개다.

교활함과 배짱이다.

그리고 하롬에게는 있지만 마쇼디크에겐 없는 한 가지가 솔직함이다.

"디오에게 들었습니다."

"디오에게?"

마쇼디크뿐만 아니라 모두 놀라서 눈을 크게 떴다.

마쇼디크 얼굴이 일그러졌다.

"너… 디오를 개인적으로 만났느냐?"

하롬은 착 가라앉았다.

"그렇습니다."

마쇼디크는 하롬의 약점을 물어뜯었다.

"너 이제 보니까 디오에게 회유당했구나……!"

"아닙니다, 형님."

크워어억―!

그때 샤르카니의 찢어지는 포효가 터졌다.

마쇼디크와 하롬이 동시에 그쪽을 쳐다보니 네 마리째 샤르카니가 목이 잘라져서 추락하고 있었다.

갈수록 힘이 펄펄 나는 강도는 마지막 다섯 마리째 샤르카니를 향해 쏘아 올랐다.

슈욱!

그는 샤르카니의 머리 위로 솟구쳤다가 급전직하 하강하면서 파멸도로 머리를 겨냥했다.

키이잇!

파멸도가 수백 톤의 무게를 싣고 내리꽂혔다.

"……!"

그때 강도는 자신을 올려다보고 있는 샤르카니를 발견하고 멈칫했다.

이 마지막 샤르카니는 죽은 네 마리하고는 조금 다른 모습을 하고 있었다.

콧등에 앞으로 길게 뻗은 뿔이 있으며 머리에 왕관을 쓴

것 같은 금빛 테두리가 있다.

그리고 보니까 덩치도 절반쯤 더 크고 활짝 펼쳐진 날개 끝에서 끝까지 30m는 돼보였다.

그런데 샤르카니의 눈에서 새빨간 레이저 빔 같은 안광이 뿜어지지 않았다. 그리고 입에서 거센 불길도 뿜어내지 않고 있다.

강도는 샤르카니가 공격할 의사가 없다고 판단하고 그어 내리던 파멸도를 뚝 멈추었다.

그는 샤르카니 앞에 마주 보고 우뚝 허공에 섰다.

—나와 싸우지 않겠느냐?

강도가 영적으로 물었더니 샤르카니는 매우 온순한 표정을 지었다.

크르르……

강도는 자신을 주인으로 섬기겠다는 샤르카니의 마음을 읽고는 뜻밖이라는 표정을 지었다.

그는 샤르카니 앞으로 스르르 다가갔다.

이어서 손을 뻗어 콧등을 쓰다듬었다.

—좋아, 지금부터 내가 너의 주인이다.

크르르르……

샤르카니는 눈을 반쯤 감고 강도의 손에 콧등을 비볐다.

툴러이가 호숫가를 가리켰다.

"마쇼디크우르, 저길 보십시오."

하롬을 꾸짖고 있던 마쇼디크는 호숫가를 쳐다보다가 와락 얼굴을 일그러뜨렸다.

"뭐야, 저게?"

몰라서 묻는 게 아니라 어이없어서 나오는 소리다.

"샤르카니가 디오에게 공손합니다."

"나도 보고 있다."

"저건 샤르카니의 키라이(왕)입니다."

"음……."

지저 1,000㎞ 깊이의 거대한 바다 베그텔렌오체안에는 수천 마리의 샤르카니들이 살고 있으며, 그것들의 왕이 지금 디오에게 순종의 자세를 취하고 있는 것이다.

그건 샤르카니들이 디오에게 모두 죽음을 당하는 것보다 더 나쁜 상황이다.

마쇼디크는 재빨리 머리를 굴렸으나 현재 상황을 타개할 좋은 방법이 떠오르지 않았다.

하롬이 차갑게 말했다.

"형님, 디오의 다음 행동이 무엇일 것 같습니까?"

마쇼디크는 오물을 뱉어내듯이 말했다.

"우리 군대와 싸우겠지. 그러나 우리 군대는 50만이 거의 그대로 남아 있다. 아무리 디오라고 해도……."

"틀렸습니다, 형님."

"……."

"디오의 다음 행동은 형님을 죽이는 겁니다."

마쇼디크는 움찔했으나 곧 굳은 얼굴로 말했다.

"디오가 날 찾아낼 수 있을 것 같으냐?"

하롬은 엷은 비웃음을 흘렸다.

"잊었습니까? 그는 디오입니다."

좌아아─!

호수에서 하나의 물기둥이 솟구쳤다.

포르차다.

강도가 샤르카니 왕의 콧등을 쓰다듬고 있을 때 포르차가 날아가서 그의 몸으로 들어왔다.

강도는 말을 하지 못하는 포르차하고 의사소통이 안 된다.

그렇지만 포르차는 본신인 디오하고는 말을 하지 않아도 뜻이 통한다.

포르차는 민덴허토샤크를 뒤쫓다가 끝내 놓치고 되돌아왔다.

강도는 하롬을 통해서 그와 마쇼디크의 대화를 빼놓지 않고 다 들었다.

이제는 마쇼디크를 죽일 때라고 생각했다.

마쇼디크는 급히 망루 출구 쪽으로 가면서 툴러이에게 명령했다.

"델쾨르(Délkör:자오선(子午線))를 준비해라."

툴러이가 뒤따르며 물었다.

"어디로 가십니까?"

"푈드쾨지텐게르로 돌아간다."

푈드쾨지텐게르는 푈드빌라그 67영지의 종주국이다.

마쇼디크는 망루를 내려가기 전에 한 명의 페헤르외르데그에게 명령했다.

"외퇴시(ötös:제5영주), 이제부터 이곳 섹헤이의 전권을 너에게 주겠다. 죽을 때까지 디오와 싸워라."

제5영주 외퇴시 페헤르외르데그는 정중히 허리를 굽혔다.

"명령을 받듭니다."

하롬은 급히 마쇼디크를 뒤따라 망루를 내려가며 소리쳐서 불렀다.

"형님!"

어느 암벽 앞에서 하롬이 애타게 마쇼디크를 부르면서 급히 손을 뻗었다.

"형님!"

척!

하롬의 손이 한 사람이 들어갈 정도의 좁은 암벽의 틈 속에 들어가 있는 마쇼디크의 어깨를 억세게 붙잡았다.

"이대로 가시면 안 됩니다!"

"너……."

마쇼디크는 험악하게 인상을 쓰며 하롬을 노려보았다.

스펙!

마쇼디크가 손을 뻗자 푸른빛의 에너지가 뿜어져서 하롬의 가슴을 강타했다.

"커헉!"

하롬은 둔탁하고 강한 충격에 몸이 뒤로 밀리며 입에서 피를 뿜었지만 마쇼디크의 어깨를 잡은 손을 놓지 않았다.

"틀러이! 뭘 하느냐?"

마쇼디크의 호통에 질코스 우두머리 틀러이가 양손에서 쌍칼을 뻗었다.

치잉!

"물러서십시오! 하롬우르!"

하롬은 발악했다.

"날 죽여라! 틀러이!"

틀러이가 머뭇거리자 마쇼디크가 재차 에너지를 뿜어냈다.

뻐억!

"허윽!"

하롬은 또다시 가슴에 에너지를 얻어맞고서야 마쇼디크의 손을 놓고 붕 날아갔다.

순간 마쇼디크의 모습이 암벽의 좁은 틈새 아래로 쏜살같이 하강했다.

후우웅…….

쮈드빌라그의 귀족들의 운송 수단인 델쾨르가 작동했다.

델쾨르는 마쇼디크를 한 시간 만에 자신의 나라 쮈드쾨지 텐게르로 보내줄 것이다.

"안 돼… 으으……."

땅바닥에 나가떨어진 하롬은 암벽을 향해 손을 뻗으며 안타깝게 중얼거렸다.

스르르…….

델쾨르의 입구가 닫히기 시작했다.

그극…….

그런데 델쾨르 입구가 닫히다가 중간에서 멈추었다.

그러고는 입구 앞에 스으… 하고 강도의 모습이 나타났다.

제32장
협공

  강도는 절반쯤 닫힌 입구 안으로 고개를 디밀고 아래를 내려다보았다.

  하롬이 입에서 피를 흘리며 설명했다.

  "디오… 그건 델쾨르입니다… 마쇼디크가……."

  강도는 델쾨르라는 말만 듣고도 그것이 무엇인지, 그리고 하롬의 생각을 다 읽었다.

  "델쾨르는 한 번 작동하면 멈출 수 없습니다……."

  강도 가까이 있는 툴러이와 에르나크는 디오의 출현에 극도로 긴장해서 주춤 물러났다.

델쾨르는 한 번에 한 명밖에 탈 수 없다는 단점이 있는 반면에 한 시간에 일만 ㎞를 갈 수 있다.

쾰드빌라그의 과학자들은 남극과 북극을 지나는 수많은 자오선들 중에 몇 개를 운송 수단으로 개발했는데 그것들이 바로 델쾨르다.

마쇼디크 다음에는 그의 심복인 툴러이가 타고 갈 차례다.

기우…….

그때 툴러이가 득달같이 강도를 향해 몸을 날리면서 양쪽 팔을 뻗었다.

치앙—

툴러이의 양쪽 팔에서 쌍칼이 튀어나왔다.

"아……."

거리가 너무 가까웠고 쌍칼이 이미 강도의 목과 얼굴 정면 30㎝까지 이른 걸 보고 하롬이 움찔 놀랐다.

사악!

그런데 쌍칼이 언제 방향을 바꿨는지 반원을 그리더니 툴러이의 목을 잘라 버렸다.

하롬은 툴러이가 공격하는 것만 봤는데 결과적으로는 쌍칼이 되돌아와서 그의 목을 잘랐다.

툴러이의 머리가 허공으로 떠오르고 그의 몸뚱이가 기우뚱하는 것을 보며 에르나크가 멈칫거렸다.

강도와 하롬의 관계에 대해서 모르는 에르나크는 강도를 죽여야 한다고 판단했다.

질코스의 우두머리인 툴러이가 강도에게 맥없이 죽는 것을 봤지만 에르나크는 조금 움찔했을 뿐 두려워하지 않았다.

원래 마족은 두려움을 모르지만 암살자들로 키워진 질코스는 더욱 그렇다.

그렇지만 강도는 에르나크를 전혀 개의치 않고 암벽의 틈새 즉, 델쾨르로 들어가려고 했다.

그 기회를 노려서 에르나크가 공격하려는 것을 하롬이 급히 제지했다.

"에르나크! 그만둬!"

에르나크는 움찔하며 하롬을 쳐다보았다.

강도는 아예 돌아보지도 않고 델쾨르 아래로 뛰어내렸다.

쿵……

그리고 델쾨르의 입구가 닫혔다.

에르나크는 복잡한 표정을 지었다.

"하롬우르."

하롬은 손을 뻗었다.

"나를 부축하라."

에르나크는 착잡한 얼굴로 델쾨르의 입구를 쳐다보고는 하롬에게 다가와 그를 부축했다.

하롬은 근처의 나지막한 돌에 앉았다.

"나는 부하들을 다 죽이고 싶지 않다."

에르나크는 묵묵히 듣기만 했다.

하롬은 저 멀리 수많은 군막 사이를 바쁘게 오가는 부하들을 쳐다보았다.

그들은 여기에 디오가 있는 줄은 모르고 있다.

"내버려 두면 디오는 부하들을 다 죽일 것이다."

에르나크는 복잡한 표정을 지었지만 아무 말도 하지 않았다.

에르나크는 하롬의 심복이기 때문에 하롬이 구태여 그의 양해를 구한다거나 애써 설명할 필요가 없다.

그런데도 하롬이 이런 설명을 하는 것은 에르나크가 아니라 자신에 대한 변명일 것이다.

지금 자신이 하고 있는 행동이 쾰드빌라그에 대한 배신행위가 아니라고 스스로를 설득하는 것이다.

"나는 목숨을 걸고 디오와 거래할 거야."

하롬은 더 이상 에르나크를 쳐다보지 않았다.

"내 제안이 거절되면 죽어도 디오에게 협조하지 않을 거다."

꾸워어—

그때 커다란 울음소리와 함께 세찬 강풍이 일었다.

하롬과 에르나크가 쳐다보니까 가까운 넓은 광장에 샤르카니의 왕이 허공에서 바닥으로 내리고 있다.

주인으로 섬기기로 한 강도가 이곳에 있기 때문에 샤르카니의 왕이 온 것이다.

두 사람은 샤르카니의 왕을 보면서 같은 생각을 했다.

샤르카니의 왕조차도 굴복시키는 디오를 자신들이 어떻게 감당하겠는가, 라는 생각이다.

에르카니는 정중하게 말했다.

"저는 하롬우르를 따르겠습니다."

그때 델쾨르 입구가 열렸다.

스르…….

그리고 강도가 아무렇지도 않게 밖으로 튀어나왔다.

"아……."

하롬은 일어나다가 델쾨르에서 나오고 있는 마쇼디크를 발견하고 깜짝 놀랐다.

그런데 마쇼디크는 제 발로 걸어 나오는 것이 아니라 마치 보이지 않는 줄에 묶인 것처럼 손발을 차렷 자세로 몸에 딱 붙인 채 둥둥 떠서 강도 뒤를 따라오고 있었다.

하롬과 에르나크는 델쾨르가 얼마나 빠른지 잘 알고 있다.

자그마치 시속 10,000㎞다.

그런데 강도가 델쾨르에 뒤따라 들어가서 마쇼디크를 잡아 온 것이다.

'과연 디오다……'

속으로 중얼거리는데도 하롬의 턱이 덜덜 떨렸다.

강도가 하롬을 쳐다보았다.

―하롬, 조용한 장소로 안내해라.

하롬은 본의 아니게 공손한 자세를 취했다.

"따라오십시오."

에르나크는 강도가 아무 말도 하지 않는데 하롬이 따라오라고 하자 의아한 표정을 지었다.

스으…….

순간 강도와 하롬, 마쇼디크, 에르나크의 모습이 그 자리에서 사라졌다.

강도는 하롬이 어디로 안내하려는 것인지 알고 다 함께 공간 이동을 했다.

하롬은 자신의 군막 안에 있는 개인 집무실로 강도를 안내하려고 했었다.

그런데 찰나지간에 주위의 풍경이 바뀌면서 그는 어느새 집무실에 서 있는 자신을 발견하고 깜짝 놀랐다.

하롬뿐만 아니라 강도와 마쇼디크, 에르나크까지 함께 집무실로 공간 이동을 했다.

집무실은 꽤 넓었지만 막사나 다름이 없다.

바닥에 두툼한 양탄자가 깔려 있고, 중앙에 불길이 활활 타오르는 뭔가 있으며, 집무실 전체 반원은 암벽이고, 반원은 커튼으로 가려져 있었다.

강도는 보이지 않는 밧줄로 꽁꽁 묶인 듯한 모습으로 서 있는 마쇼디크를 쳐다보며 말했다.

"처음이자 마지막 기회를 주겠다."

강도가 몸을 자유롭게 해주자 잔뜩 힘을 주고 있던 마쇼디크는 쓰러질 듯이 비틀거렸다.

"모두 데리고 돌아가라."

마쇼디크는 디오가 두려우면서도 하롬이 보고 있기 때문에 자존심이 상해서 버텼다.

"그러기 싫다면?"

하롬의 안색이 급변하여 급히 몸을 날리듯 마쇼디크 앞을 가로막았다.

"부디 용서하십시오, 디오펠세그."

하롬은 두 팔을 벌리고 등 뒤로 마쇼디크를 감싸면서 강도에게 애원했다.

"디오펠세그시여, 무지한 형이라 실언을 했으니 제발 죽이지만 말아주십시오……!"

얼마 전까지만 해도 하롬은 강도를 '디오우르'라고 불렀다.

필드빌라그의 유일신 이슈텐에게만 '펠세그'라는 칭호를 붙이기 때문이다.

그런데 지금 하롬은 강도를 '디오펠세그'라고 불렀다.

그를 이슈텐과 동격으로 여긴다는 뜻이다.

영리한 마쇼디크는 하롬의 갑작스러운 행동을 보고 디오가 자신을 죽이려 했다는 사실을 깨닫고 후드득 몸을 떨었다.

자존심이 상해서 슬쩍 버텨봤을 뿐인데 그 단 한 번의 실수가 죽음으로 직결될 줄은 몰랐다.

마쇼디크는 상대가 신이라는 사실을 잠시 망각하고 있었다.

하롬이 몸을 돌려 마쇼디크에게 꾸짖듯이 말했다.

"형님, 디오펠세그께 실수하지 마십시오."

"음……"

"억지로 굴복하라는 게 아닙니다. 쓸데없는 객기로 개죽음 당하지 말라는 겁니다."

방금 전에 마쇼디크는 정말 객기 부리다가 죽을 뻔했다.

하롬이 다시 진지하게 말하는데 그의 얼굴에서 식은땀이 흘렀다.

"디오펠세그의 하문에 대답하십시오. 어쩌실 겁니까?"

얼이 빠진 마쇼디크는 눈을 껌뻑거렸다.

"무… 슨 얘기였지?"

"디오펠세그께서 형님에게 모두 데리고 돌아가라고 명령하셨습니다."

"……."

마쇼디크는 앞에 서 있는 하롬의 어깨 너머로 조심스럽게 강도를 쳐다보았다.

강도는 담담한 표정이다.

마쇼디크가 보기에 강도의 모습은 그냥 킨트엠베르다.

그래서 마쇼디크는 조금 용기를 냈다.

"거절하면 나를 죽일 겁니까?"

강도는 태연하게 대답했다.

"죽이지 않겠다."

마쇼디크의 얼굴이 조금 밝아졌지만 의혹이 서렸다.

"그럼……."

"정신을 제압해서 내 종으로 만들겠다."

"……."

마쇼디크는 하얗게 질렸다.

원래 북유럽 인종이라서 하얀 얼굴이 더욱 하얗게 백지장처럼 변했다.

마쇼디크의 정신이 제압되어 디오의 종이 되는 것은 죽는 것보다 못한 짓이다.

정신이 제압되면 어떻게 되는 것인가?

내 정신은 남아 있는 상황에서 디오가 시키는 대로 하는 것인가?

아니면 내 정신 따윈 깡그리 사라져 버리고 그저 디오의 수족처럼 움직이는 것인가?

겁에 질린 마쇼디크는 부들부들 떨다가 간신히 입을 열었다.

"모두 이끌고 돌아가겠습니다."

"생각이 바뀌었다."

"……."

"네 대답에 상관없이 너의 정신을 제압하겠다."

마쇼디크는 물론 하롬과 에르나크의 얼굴까지 확 변했다.

"그런……."

그 순간 뇌리를 관통하는 한 가지 사실이 그들을 전율하게 만들었다.

강도는 처음부터 마쇼디크에게 아무것도 묻지 않고 무조건 정신을 제압할 수도 있었는데 그러지 않았다.

그런데 구태여 이런 쇼를 한 것은 마쇼디크에게 극도의 공포심을 심어주려는 게 분명하다.

다짜고짜 무조건 정신을 제압해 버리면 마쇼디크가 공포고 나발이고 아무것도 모를 것이기 때문이다.

궁지에 몰린 마쇼디크는 울부짖듯 말했다.

"어째서 내게 가혹하게 대하는 겁니까?"

"네가 호전적이기 때문이다."

"그걸… 어떻게 아십니까?"

"다 보고 들었다."

"……"

마쇼디크가 서울 근교에 화산과 대지진을 일으켜서 모두 몰살시키라고 하롬에게 강압적으로 명령했던 사실을 디오가 알고 있다는 뜻이다.

마쇼디크는 하롬을 쳐다보았다.

하롬이 강도에게 말했다고 생각한 것이다.

그러나 마쇼디크는 하롬의 씁쓸한 표정을 보고는 그게 아닐 거라고 생각했다.

그러고는 강도가 하롬의 눈과 귀를 통해서 이곳의 상황을 훤하게 알고 있었다는 사실을 깨달았다.

"디오펠세그!"

마쇼디크는 어느 순간 강도가 자신의 정신을 제압해서 백치가 돼버릴까 봐 급히 외쳤다.

"제 말을 들어보시고 결정하십시오, 디오펠세그."

다급하니까 그도 강도에게 '펠세그'라는 호칭을 썼다.

여차하면 정신이 제압되어 죽는 것보다 못한 처지가 될 것이기 때문에 이것저것 가릴 때가 아니다.

강도가 팔짱을 끼는 걸 보고 마쇼디크는 거래를 제안했다.

"디오펠세그께서 제 정신을 제압하면 저는 그저 도구일 따름입니다. 도구는 아무 생각도 하지 못합니다."

마쇼디크는 조심스럽게 강도의 눈치를 살피면서 빠른 어조로 말을 이었다.

"그렇지만 저를 부하나 종으로 삼으면 제가 여러 면에서 디오펠세그께 도움을 드릴 수 있습니다."

마쇼디크는 자신의 제안에 강도가 흥미를 보이기를 간절하게 원했다.

"디오펠세그께서 원하시는 게 무엇입니까? 이슈텐입니까? 그렇다면 디오펠세그께서 이슈텐을 쉽게 죽일 수 있도록 제가 기회를 마련하겠습니다."

그는 어떠냐는 듯이 강도를 바라보았다.

강도는 고개를 끄떡였다.

"좋은 생각이다."

마쇼디크의 얼굴이 밝아졌다.

"그… 렇습니까?"

"그런데 문제가 있다."

"무… 엇입니까?"

"네가 다른 꿍꿍이 속셈을 품고 있다는 것이다."

"……"

마쇼디크의 얼굴이 새하얘졌다.

그는 디오가 생각을 읽는다는 것을 깜빡 잊고 있었다.

"디오펠세그… 그게 아닙니다……."

그게 마쇼디크가 마지막으로 한 말이다.

그는 우두커니 서서 강도를 바라보았다.

"마쇼디크."

강도의 나직한 부름에 그는 공손히 허리를 굽혔다.

"말씀하십시오."

"너는 정신이 제압됐을 뿐이지 다른 것은 평소와 같다."

"그렇습니다."

하롬과 에르나크는 마쇼디크의 갑작스러운 변화에 눈을 휘둥그렇게 뜨고 쳐다보았다.

그제야 하롬은 강도가 자신의 정신을 제압한 것이 아니라는 사실을 깨달았다.

하롬은 마쇼디크 정도는 아닌 것이다.

강도는 이제 현 세계로 돌아가야겠다고 생각했다.

"하롬, 너는 나하고 같이 가자."

하롬은 움찔 놀랐다.

"킨트빌라그로 말입니까?"

"그렇다."

하롬은 우두커니 서 있는 마쇼디크를 쳐다보고 나서 진중하게 말했다.

"제가 형님을 따라가지 않아도 괜찮겠습니까?"

하롬은 자신이 염려하는 생각을 강도가 읽을까 봐 생각하지 않으려 했는데 생각하지 않으려고 하는 그 의지마저도 읽혀 버렸다.

강도는 마쇼디크가 중심 국가 푈트쾨지텐게르로 돌아가면 강도가 제압했던 정신을 이슈텐이 풀어줄 것이라는 사실을 알게 되었다.

강도는 잠시 생각해 봤지만 이렇게 하는 것 말고는 다른 대안이 없다.

50만 명이나 되는 마군을 서울 시내 지하 깊은 곳에 언제까지 붙잡아둘 수는 없다.

그렇다고 애꿎은 생명들을 무작정 죽이는 것은 절대로 현명한 방법이 아니다.

하롬은 침착하게 말했다.

"제 정신을 제압하면 이슈텐이 알아내서 풀어줄 겁니다. 그러면 디오펠세그께도 좋을 게 없습니다."

그의 말에는 두 가지 의미가 있다.

자신의 정신을 제압하지 않은 채 마쇼디크와 함께 보내달라는 것과 자신을 믿으라는 것이다.

"무엇을 원하느냐?"

하롬은 자신이 무엇을 원할지에 대해서 아직 생각하지 않았기 때문에 강도는 그것을 읽지 못했다.

생각이란 현재진행형과 잠재적인 것과 생성되는 것이 있다.

하롬은 영리하게도 잠재적으로라도 자신의 생각을 정리해 두지 않았다.

하롬은 차분한 눈빛으로 강도를 바라보았다.

그리고 막 생성되고 있는 그의 생각을 강도가 읽었다.

그러고는 강도의 머릿속에 하롬이 제의할 것에 대한 구상이 일사천리로 펼쳐졌다.

하롬은 묄드빌라그와 킨트빌라그가 서로 싸우지 않고 가진 것들을 평화롭게 교류, 공유하면서 살기를 원하고 있다.

"생각해 보자."

일단 긍정적인 대답을 들은 하롬의 얼굴이 밝아졌다.

하롬은 자신의 제의가 불가능할 거라고 생각했었다.

묄드빌라그는 30만 년 동안 지저 세계에 살면서 이루어놓은 것이 별로 없다.

그냥 사는 데만 급급했었다.

반면에 킨트빌라그는 수천만 종류의 눈부신 발전을 이루어서 묄드빌라그하고는 비교도 되지 않는다.

그런데 하롬이 그걸 서로 공유하자고 제의한 것이다.

이것은 거래가 아니다.

애원이다.

그리고 그것을 강도가 읽었다.

하롬은 강도의 자비심에 호소를 한 것이다.

"칠러그는 내가 데리고 있다."

"짐작하고 있었습니다."

하롬은 조금 망설이다가 물었다.

"무슨 일이 있었습니까?"

강도, 아니, 디오가 괜히 칠러그를 데려갔을 거라고 생각하지 않기 때문이다.

"마쇼디크가 칠러그를 강간하려고 했다. 내가 마쇼디크를 찌르다가 그녀도 다쳤다."

하롬은 깜짝 놀랐다.

"칠러그는 무사합니까?"

"우선 급한 대로 치료해 주었다. 내가 돌아가면 제대로 치료해야지."

하롬의 얼굴이 일그러졌다.

"마쇼디크가 칠러그를……."

"그녀를 데리고 갈 테냐?"

"아닙니다. 디오펠세그께서 칠러그를 치료해 주시고 잠시 맡아주십시오."

필드푀지텐게르로 돌아가면 이슈텐이 마쇼디크의 정신을 원상회복시켜 줄 테고 그러면 마쇼디크가 예전보다 더욱 포악해져서 칠러그에게 무슨 짓을 할지도 모른다.

강도는 마쇼디크를 쳐다보았다.

"이슈텐이 마쇼디크의 제압된 정신을 풀어주면 네가 위험하지 않겠느냐?"

하롬은 착잡한 표정을 지었다.

"저를 죽이지는 못할 겁니다."

"네 역할이 크다."

하롬은 조금 머뭇거리다가 말했다.

"디오펠세그께서 작은 약속이라도 해주시면 제가 아버지에게 말을 하기가 쉬울 겁니다."

필드빌라그와 킨트빌라그가 서로 공생하는 것에 대해서 강도가 작은 약속이라도 해달라는 것이다.

"긍정적으로 생각해 보겠다."

하롬의 얼굴이 밝아졌다.

"감사합니다."

그런데 하롬은 갑자기 머리가 띵한 것을 느꼈다.

"이슈텐이 읽지 못하도록 네 머리를 봉했다."

하롬은 씁쓸한 표정을 지었다.

"저는 한 번도 이슈텐을 대한 적이 없었습니다."

서울은 자정이 지난 시간이다.

강도는 한남동 저택으로 공간 이동하여 돌아왔다.

그는 하롬의 약혼녀 칠러그를 눕혀놓은 침실 안에 모습을 나타냈다.

침대에는 칠러그가 이불을 덮고 누워 있었다.

칠러그는 강도가 움직이지 못하도록 해놨기 때문에 눈동자만 깜빡거리며 천장을 바라보았다.

슥—

강도가 이불을 걷자 칠러그는 화들짝 놀랐지만 아무 소리도 내지 못했다.

강도는 칠러그의 제압한 몸과 목소리를 풀어주었다.

"아아… 디오우르……."

강도를 발견한 칠러그는 일어나려고 했다.

"누워 있어라."

강도는 칠러그의 상처를 살펴보았다.

아까 급한 대로 응급처치만 했었는데 더 나빠지지는 않았다.

그렇지만 상처가 깊어서 뼈가 부러지고 폐가 찢어졌기 때문에 치료하지 않으면 위험하다.

슥—

강도는 손바닥을 펼쳐서 칠러그의 상처를 덮었다.

오른쪽 유방 안쪽을 롱소드에 찔렸기 때문에 치료를 하자면 유방을 만질 수밖에 없다.

강도의 커다란 손이 건드리기만 해도 터질 것처럼 풍만한 유방을 찌그러뜨리면서 지그시 눌렀다.

"아……."

칠러그는 가슴이 무너지는 고통을 느끼며 신음을 흘렸다.

그러나 곧 따스하고 부드러운 기운이 상처로 스며들어서 고통이 씻은 듯이 사라졌다.

강도는 자신의 몸속에 포르차가 있는 것을 느꼈다.

포르차 없이 그의 능력만으로 칠러그의 상처를 치료한다면 이보다 더 어렵고 시간도 오래 걸렸을 것이다.

그가 손바닥으로 칠러그의 상처를 지그시 한 번 누르는 것으로 그녀의 상처는 깨끗하게 치료됐다.

칠러그는 놀라운 경험을 했다.

그녀는 조금 전까지만 해도 자신이 이렇게 죽을지도 모른다는 생각을 하면서 두려움에 떨고 있었다.

그녀는 여기가 어딘지도 모르고 강도가 자신을 왜 데려왔는지도 알지 못했다.

그렇지만 강도가 자신을 살려주기만 하면 그의 종이 되겠다는 결심에는 변함이 없다.

"아……."

칠러그는 자신의 상처가 다 나았다는 사실을 깨닫고 천천히 몸을 일으켰다.

"절을 해야 합니다."

강도는 칠러그가 자신을 주인님으로 섬기려는 의식을 치르려 한다는 사실을 읽었다.

칠러그는 강도 앞에 두 손을 늘어뜨리고 섰다.

강도는 칠러그를 만류하지 않았다.

생명의 은인을 주인으로 모시는 것은 푈드빌라그의 오랜 풍습이다.

푈드빌라그에서 그런 일은 자주 일어나지 않지만 한 번 주종 관계로 맺어지면 부모 형제보다 더 강력한 유대와 결속으로 이어진다.

강도로서는 칠러그하고 주종 관계를 맺어두는 것이 괜찮을 것 같았다.

그녀의 정신을 제압하면 간단하지만 그러면 창의적이지 못하다.

그녀가 자발적으로 강도를 돕는다면 그 또한 도움이 될 것이다.

칠러그는 벌거벗은 몸을 부끄러워하면서도 엎드려서 절을 하고는 일어섰다.

"지금부터 당신께선 저의 주인님이십니다."

칠러그는 잡티 한 점 없는 우윳빛의 늘씬하고 풍만한 몸으로 서 있지만 은밀한 부위를 가리려고 하지 않았다.

"너는 아직 완전한 인간이 되지 않았구나."

강도는 잠시 그녀를 응시하다가 말했다.

"그런가요?"

칠러그는 깜짝 놀랐다.

"하롬이 구해준 킨트엠베르의 정혈을 주사해서 인간의 모습으로 변한 줄 알았는데……."

"겉모습만 인간이고 속은 아니다."

"그렇다면 다른 사람들도……."

"그럴 것이다."

강도는 쾰드엠베르 중에서 현 세계의 인간으로 변한 사람들이 속까지 인간의 그것으로 완벽하게 변하지 않았을 것이라고 생각했다.

그렇지만 강도가 정제순혈을 이용해서 인간으로 만들어준 요족 와다무 즉, 얏코와 음브웨의 소부족 겡게우찌와는 완벽한 인간이 되었다.

그러니까 정혈만으로는 마족 쾰드엠베르가 현 세계의 인간이 되지 못한다는 것이다.

하긴 수십만 년 동안이나 전혀 다른 세계에서 살아온 그들이 그렇게 쉽게 현 세계 인간의 생체 구조와 같아질 수가 있겠는가.

칠러그는 착잡한 표정을 지었다.

"거즈더우람(Gazdauram:주인 나리), 저는 킨트엠베르가 되고 싶어요."

슥—

강도가 손을 뻗자 서 있던 그녀의 몸이 자석에 끌리듯 그에게 스르르 다가왔다.

강도는 되는 대로 그녀의 가냘픈 어깨에 손을 슬쩍 얹었다.

순간 칠러그는 몸이, 아니, 몸속이 한바탕 소용돌이치는 듯한 굉장한 느낌을 받았다.

"아……."

강도는 3초 만에 손을 뗐다.

"됐다."

칠러그는 얼굴이 환해졌다.

"아아… 고마워요……."

그녀는 지금까지 느껴보지 못했던 전혀 새로운 경험을 했다.

그것은 마치 두꺼운 피부를 몇 겹이나 벗겨내고 차가운 얼음물로 내장을 송두리째 씻어낸 듯한 느낌이다.

그리고 피부와 내장, 장기들을 통해서 신선한 현 세계의 산소가 스며드는 것이 생생하게 느껴졌다.

수십만 년 동안 혼탁한 지저 세계에서 살아온 필드엠베르들은 산소 공급량이 극도로 적기 때문에 수명이 점차 단축됐으며 몸의 기능이 생존에 필요한 최소한으로 위축될 수밖에 없었다.

강도의 부름을 받은 음브웨가 곧 방으로 들어왔다.

음브웨는 방 안에 벌거벗은 아름다운 여자가 서 있는 것을 보고 크게 놀랐다.

"누구죠?"

강도는 설명하는 대신 칠러그에 대한 내용을 음브웨 머릿속에 심어주었다.

"모르는 게 있으면 음브웨 네가 가르치면서 잘 지내라."

음브웨는 칠러그를 보는 순간 몹시 놀라고 또 궁금한 게 무척 많았지만 지금은 전혀 그렇지 않다.

다만 늘씬하고 아름다운 북유럽 미녀의 자태에 본능적인 경계심이 생길 뿐이다.

하지만 서로 종족이 다를 뿐이지 아름다움으로 따지면 자신도 칠러그에 뒤지지 않는다는 사실을 그녀는 모르고 있다.

강도가 돌아왔다는 말을 듣고 옥령과 질풍대주 팀장들이 보고와 의논할 게 있다고 몰려들었으나 강도는 집무실 문을 닫아걸고 혼자 들어앉았다.

혼자서 처리할 일이 있기 때문이다.

편한 소파도 있고 책상 앞에 회전의자도 있지만 강도는 바닥에 책상다리를 하고 앉았다.

―포르차, 나와라.

디오에 대해서 알아보려고 작정을 한 것이다.

강도는 자신에게서 포르차가 빠져나가는지도 모르는 사이에 전면에 하나의 금빛이 일렁거렸다.

포르차는 능력이다.

그러므로 그에게 모습을 갖추라는 식의 요구는 무리라서 곧장 본론으로 들어갔다.

―나를 이해시켜라.

강도가 궁금하게 여기고 있는 것이 무엇인지 포르차가 알고 있을 것이라는 확신하에 요구, 아니, 명령했다.

디오에겐 본신과 능력인 포르차, 정신인 스피리토가 있다고 했다.

말은 스피리토가 잘하겠지만 그렇다고 해서 포르차가 의미를 전달하지 못할 거라곤 생각하지 않았다.

강도는 궁금한 게 한두 가지가 아니다.

자신이 디오인지, 정말 디오라면 도대체 언제부터 디오가되었으며, 디오와 자신 이강도하고는 무슨 관계인지가 제일궁금했다.

강도는 포르차를 주시했다.

포르차는 그저 자신을 나타내기 위해서 금빛으로 모습을보였을 뿐이다.

잠시 후 강도는 실망스러운 표정을 지었다.

포르차에게서 만족할 만한 정보를 얻어내지 못했다.

디오의 능력인 포르차는 단지 느낌만 전해주었다.

자신의 주인이 디오이며 강도가 디오라는 것.

예전 이슈텐과 뭄바와의 싸움에서 큰 대미지를 입은 탓에 현재도 회복 중이라는 사실.

어딘가에 있는 스피리토를 만나야지만 완전체 디오가 된다는 사실 등이다.

"너는 그동안 어디에 있었느냐?"

강도의 질문에 포르차는 늘 강도 옆에 머물러 있었다고 대답했다.

"스피리토는 어디에 있지?"

그 질문에 포르차는 디오가 알고 있다고 대답했다.

그런데 정작 디오인 강도가 그걸 모르고 있다.

답답함이 가시는 게 아니라 더 답답해졌다.

"스피리토……."

디오의 정신인 스피리토만 찾아내면 모든 의문과 궁금증이 단번에 풀릴 것이다.

이슈텐의 정신 외런절과 뭄바의 정신 말라이카는 다들 제자리를 지키고 있는데 어째서 스피리토만 디오하고 떨어져 있는지 모를 일이다.

한때 수노가 디오의 정신 행세를 했었는데 나중에 뭄바의 정신 말라이카가 수작을 부렸던 것으로 드러났다.

회의실에는 강도를 중심으로 옥령과 태청을 비롯한 질풍대 몇몇 팀장들, 유선과 벽운, 그리고 음브웨와 칠러그가 앉아 있었다.

강도는 모두의 뇌리에 서울 시내 지저 섹헤이에서 있었던 일들을 가감 없이 심어주었다.

강도의 영웅담은 언제나 놀랍지만 이번 일은 모두를 더욱 놀라게 만들었다.

서울 시내 지저 깊은 곳에 마군 50만 명이 우글거리고 있었다는 사실이나, 마계가 서울 근교에 대규모 화산 폭발과 지진을 일으킬 뻔했다는 사실은 모두의 간을 오그라들게 만들기에 충분했다.

강도가 날이 갈수록 그리고 시간이 지날수록 인간의 한계를 벗어나는 능력을 보이고 있는 덕분에 모두들 빠르게 인식의 변화를 일으키고 있는 중이다.

강도가 점점 신에 가까워질수록 측근들은 그를 점점 더 존경, 아니, 숭상했다.

그러나 반대로 그에 대한 인간으로서의 정은 조금씩 흐려지고 있었다.

당연한 일이다. 인간끼리의 끈끈한 유대를 신하고 나눌 수는 없기 때문이다.

최측근들은 강도가 심어준 생각을 인지하는 것보다 그것에 대한 경악을 추스르느라 더 오랜 시간이 걸렸다.

유선이 한참 만에 긴 한숨을 내쉬었다.

"하아… 하마터면 서울이 쑥밭이 될 뻔했군요."

유선 옆에 앉은 벽운은 살 떨리는 소리를 냈다.

"화산 폭발과 대지진으로 서울이 무너지고 뒤이어서 마군 50만 명이 쏟아져 나왔으면 대한민국은 끝장났을 거예요. 생각만 해도 아찔해요."

유선이 벽운을 슬쩍 째려봤다.

"주군께서 계시는 한 그런 일은 일어나지 않을 거야."

20살의 어린 유선이지만 벽운은 찔끔했다.

"그건 그렇죠."

유선은 무림에서 신군성 주작단의 2인자로서 백란궁의 궁주이며 절대신군의 심복이었으니 벽운하고는 신분이 비교도 할 수가 없다.

또한 무림에서의 유선은 32살로 강도하고 동갑이었으며 벽운은 25살이니까 유선이 한참 언니뻘이다.

직사각형의 긴 테이블 상석에 강도가 앉았고 바로 앞쪽에 앉은 옥령은 꼿꼿한 자세로 심각한 표정을 지은 채 입을 굳게 다물고 있다.

태청이 굳은 얼굴로 중얼거렸다.

"마군이 천만 명이나 된다니……."

그는 조심스럽게 말을 이었다.

"둘째 왕자라는 마쇼디크가 50만 마군을 회군했지만 제압된 정신이 풀리면 다시 오지 않겠습니까?"

칠러그는 한국어를 할 줄 몰라서 눈을 깜빡거리며 앉아 있을 뿐이다.

강도가 다른 것을 물었다.

"독극물이 첨가된 술과 음료는 어떻게 됐느냐?"

"거의 회수했습니다."

"거의라는 것은 뭐냐?"

태청은 바짝 긴장했다.

"해외 수출용과 공장이 있는 충북하고 가까운 지역에는 이미 술과 음료들이 시중에 풀렸습니다. 전체의 2%입니다. 엔젤그룹에서 전력을 다해서 추적, 회수하고 있는 중입니다."

"피해자가 나왔느냐?"

태청은 휴대폰을 켜고 들여다보았다.

"현재 37명이 사망하고 400명 정도가 병원에 입원했는데 모두 중태입니다."

강도는 눈살을 찌푸렸다.

"무슨 독이냐?"

"규명이 불가능한 독입니다. 아마 마계에서 갖고 온 독인 것 같습니다."

벌써 사망자가 37명이나 발생하고 중태가 400여 명이라는 말에 강도는 속이 쓰렸다.

더구나 무슨 독인지조차 규명할 수 없으니 속수무책이고 앞으로 사망자가 급속도로 늘어날 것이다.

강도는 즉시 구인겸을 호출했다.

"현천, 엔젤그룹 독극물 얘기 알고 있나?"

─중독된 환자들에게 정제순혈을 보내서 치료하고 있는데 효과가 좋습니다.

구인겸의 말투가 빨랐다.

"그래? 효과가 있어?"

구인겸이 엔젤그룹 독극물에 대해서 알고 있을 뿐만 아니라 이미 조치를 취하고 있다는 사실에 강도는 마음이 크게 놓였다.

─중독자 한 명당 정제순혈 1cc 주사에 깨끗하게 완치됐습니다. 사망자는 어쩔 수 없지만 중독자들은 다 살릴 수 있을 겁니다.

"잘했네."

구인겸이 발 빠르게 대처한 것이 천만다행이다.

"현천, 그건 자네에게 맡길 테니까 잘 처리해 주게."

―알겠습니다.

"그리고 내일 아침에 총본으로 오게."

―명을 받듭니다.

'총본'으로 오라는 말에 구인겸은 긴장했다.

강도는 구인겸과 통화를 끊자마자 태청에게 물었다.

"양현철은 어떻게 됐느냐?"

태청의 얼굴이 어두워졌다.

"죽었습니다."

강도는 양현철이 죽었다는 사실을 태청에게서 읽었다.

어제 강도와 질풍대가 마계 아지트인 엔젤그룹을 급습해서 그곳에 있는 마족들을 깡그리 몰살시켰었다.

이후 강도와 질풍대는 그곳에 질풍대원 양현철을 남겨두고 떠났었다.

그 직후에 대통령의 명령에 의해서 새롭게 조직된 특수 경찰대인 질풍수거팀이 엔젤그룹에 도착하여 마족들의 시체를 수거하는 작업에 돌입했었다.

그런데 질풍수거팀 85명이 모두 처참하게 몰살당했다고 양현철이 다급하게 보고했다.

강도가 급히 그곳으로 이동했을 때 인도에 쓰러져 있는 양현철은 벤츠를 타고 막 떠나는 중인 하롬을 가리키며 그가 질풍수거팀을 죽였다고 했다.

그때 양현철은 왼쪽 가슴이 뻥 뚫렸으며 심장이 뽑힌 처참한 모습이었다.

그 양현철이 죽었다는 것이다.

양현철과 질풍수거팀 85명의 처참한 주검을 생각한다면 그들을 죽인 하롬을 절대로 용서할 수가 없다.

그러나 하롬을 죽였다면 섹헤이를 발견하지 못했을 것이고 마쇼디크의 음모도 몰랐을 것이다.

그리고 앞으로 마쇼디크와 푈드빌라그가 대한민국을 도발하게 될 때 하롬에게 완충 장치 역할을 기대하지 못하게 될 것이다.

양현철 등의 죽음은 원통하지만 어쩔 수가 없다.

"주군."

옥령이 심각한 표정으로 입을 열었다.

"여쭤보고 싶은 게 있어요."

각별한 사이였던 옥령이지만 강도가 점점 신에 가까워지고 있는 것에 조금쯤은 거리감을 느끼고 있다.

강도는 옥령이 생각하고 있는 것을 읽었지만 모두 들으라고 그녀가 말하도록 놔두었다.

그리고 이 얘기는 칠러그도 들어야 할 것 같아서 손을 뻗어 그녀의 머리에 손바닥을 덮었다.

칠러그는 깜짝 놀랐지만 가만히 있었다.

"주군께선 마계와 요계를 어떻게 하실 생각이십니까?"

옥령이 그렇게 묻는 것을 알아들은 칠러그는 깜짝 놀라 강도를 바라보았다.

칠러그가 한국어를 알아들을 수 있게 해주고 강도는 그녀의 머리에서 손을 뗐다.

태청 등은 옥령이 무엇을 묻는 것인지 이해하지 못했다.

강도가 가만히 있자 그녀는 구체적으로 물었다.

"그들이 화친을 제의하면 받아주실 겁니까?"

모두의 표정이 크게 변했다.

그들은 비로소 옥령이 무엇을 묻는 것인지 이해했다.

태청이나 팀장들 그리고 유선은 거기에 대해서 생각해 본 적이 없었다.

마계와 요계의 침공에 반격하여 싸우는 것만으로도 벅찬 상황인데 거기까지 생각할 여유가 없었다.

그런데 옥령의 말을 듣고 보니까 마계와 요계가 화친을 제의할 가능성을 배제할 수가 없을 것 같았다.

동전에는 양면이 있다.

한쪽이 전쟁이라면 다른 쪽은 화친일 수도 있는 것이다.

옥령의 질문에 누구보다 관심이 깊은 사람은 칠러그다.

자신의 종족 푈드엠베르에 관한 일이고 또 칠러그 자신이 전쟁보다는 화친을 지지하기 때문이다.

"나는……."

강도가 입을 열자 모두들 호흡마저 멈추고 그를 주시했다.

"싸움을 걸면 모조리 죽일 것이고 무릎을 꿇으면 받아줄 생각이다."

마계나 요계가 싸움을 걸어오면 죽여야 하는 것은 당연한 일이다.

모두들 복잡한 표정을 짓는데 칠러그만 표정이 밝았다.

조금 전까지만 해도 뀔드빌라그가 생존할 수 있는 길은 킨트빌라그를 침공해서 빼앗는 것뿐이었지만 지금은 화친의 길이 열렸기 때문이다.

옥령은 조금 망설이는 듯하다가 물었다.

"무릎을 꿇는다는 것은 화친하고 다른 건가요?"

그때 저택의 책임자 단총아가 시녀 한 명과 함께 들어왔는데 두 사람이 들고 있는 커다란 쟁반에는 몇 가지 고급스러운 안주와 코냑, 위스키 등이 담겨 있었다.

옥령이 단총아를 꾸짖었다.

"어딜 함부로 들어오느냐?"

단총아는 강도 등이 밤늦게까지 수고하기 때문에 제 딴에는 잘한다고 간단한 술과 안주를 준비해 왔다가 찔끔했다.

그녀와 시녀가 어쩔 줄 모르고 당황하는 걸 보고 강도가 무마했다.

"내가 시켰다."

단총아는 괜히 오지랖을 떨었다가 강도의 구원에 얼굴이 환해졌다.

강도는 손짓을 해서 단총아에게 술상을 차리라고 하고는 손수 컵에 얼음을 넣어 위스키를 붓고는 옥령에게 내밀며 미소 지었다.

"이모 주당이잖아? 한잔해."

옥령은 움찔하고는 얼른 두 손을 내밀어 잔을 받았다.

그녀는 강도가 '이모'라고 부르면서 친근하게 대하자 그와 조금씩 멀어지려던 감정이 일시에 사라져 버렸다.

"그래도 지금은 회의 중이잖아요."

마음이 풀어진 옥령은 좋으면서도 강도를 살짝 흘겼다.

강도는 옥령과 잔을 부딪치고는 모두에게 말했다.

"한잔하고 계속하자."

강도는 위스키를 마시다가 자신의 왼쪽에 나란히 앉은 음브웨와 칠러그를 쳐다보았다.

"그녀에겐 코냑을 줘라."

"네."

칠러그가 멀뚱하게 있는 걸 보고 음브웨에게 시킨 것이다.

강도가 섹헤이에서 있었던 일을 뇌리에 심어주었기 때문에 모두들 칠러그가 누군지 알고 있다.

강도는 위스키를 한 모금 마시고 나서 조금 전 옥령의 질문에 대해서 대답했다.

"마계와 요계가 무조건 항복을 하면 받아주겠다는 뜻이다."

"아……."

강도의 말에 다들 표정이 밝아지며 고개를 끄떡였다.

옥령은 치즈에 햄을 얹은 것을 젓가락으로 집어서 강도에게 내밀었다.

"그들이 항복하면 같이 공존하는 건가요?"

강도는 그것을 받아먹고 나서 고개를 끄떡였다.

"그렇게 되겠지."

그의 말에 음브웨와 칠러그를 제외한 모두들 악! 하고 비명을 지르는 것 같은 표정을 지었다.

태청을 비롯한 남자들은 놀라면서도 강도의 결정이기 때문에 무조건 따라야 하고 또 일절 저항 같은 것은 생각하지도 않았다.

그런 점에서는 여자들도 같기는 하지만 그냥 지나가지는 않았다.

유선이 밤톨처럼 튀었다.

"마족, 요족하고 같이 산다는 게 말이나 돼요?"

"그게 왜 말이 안 되죠?"

그런데 유선의 말에 칠러그가 반박했다.

그녀가 말한 내용보다는 유창한 한국어에 다들 깜짝 놀랐다.

누구보다 놀란 사람은 당사자인 칠러그다. 그녀는 유선의 말에 발끈해서 쏘아붙였는데 그게 한국어로 튀어 나갈 줄은 몰랐다.

유선은 강도의 눈치를 봤다.

강도가 옥령하고 잔을 부딪치면서 술을 마시는 걸 보고 그녀는 칠러그에게 차갑게 말했다.

"무슨 뜻이냐?"

칠러그는 약간 찔끔했으나 자신의 뜻을 명학하게 밝혔다.

"삼계(三界)의 종족 모두 디오의 피조물인데 어째서 우리는 지저 세계에 살고 당신들만 땅 위에 살아야 하는 거죠?"

"무슨 소리야?"

'삼계'라는 것이 현 세계와 마계, 요계라는 것은 알겠는데 모두 디오의 피조물이라는 말이 어이가 없었다.

현 세계 사람들은 자신들을 만든 창조주가 디오라는 사실조차도 생소했다.

현 세계의 사람 대부분은 인간이 원숭이에서 진화했다고 배웠으며 그렇게 믿고 있다.

강도를 절대자이며 신이라고는 생각하지만 그가 현 세계의 인간은 물론이고 마족과 요족까지도 창조했다고는 믿을 수가 없다.

그렇지만 칠러그가 괜히 그런 말을 할 리가 없다는 생각도 들었다.

분위기가 묘해질 때 언제나 특공대인 유선이 강도에게 조심스럽게 물었다.

"주군, 쟤 말이 사실이에요?"

강도는 말없이 술을 마시는데 모두들 긴장한 표정으로 그를 주시했다.

탁……

침묵이 흐르는 가운데 강도는 술잔을 내려놓고 나직한 목소리로 말문을 열었다.

"사실이다."

강도의 말에 실내에는 조금 전보다 더 무거운 침묵이 오랫동안 흘렀다.

모두들 복잡한 표정으로 생각에 잠겼으며 가끔 경외의 표정으로 강도를 조심스럽게 바라보았다.

일전에 강도는 유빈과 질풍대 팀장들에게 삼신에 대한 내용을 그들의 뇌리에 심어준 적이 있었다.

그렇지만 그것은 삼신 즉, 디오와 이슈텐, 뭄바의 싸움에 대한 내용이 대부분이었다.

그리고 그때 총명한 유빈이 강도더러 디오가 아니냐고 물었으며 그는 그렇다고 대답했었다.

침묵 끝에는 아무도 술을 마시지 않았고 모두들 강도를 바라보면서 그가 무슨 말을 해주기를 기다렸다.

자신이 신이라는 기분이 조금도 들지 않는 강도로서는 이런 말을 해야 하는 것이 몹시 씁쓸했다.

"내가 삼계의 인간들을 창조했다."

그의 목소리가 나지막이 실내를 흔들었다.

누군가의 입에서 '아!' 하는 낮은 탄성이 흘러나왔다.

강도가 거짓말을 할 리는 없지만 모두들 그의 말을 쉽사리 믿기가 어려웠다.

한 가지 분명한 것은 이제 이들과 강도가 인간적인 관계로 이어지기는 어렵게 됐다는 사실이다.

강도가 공간 이동을 하여 부천 아파트 현관 앞에 도착한 시간은 자정이 넘은 새벽 2시 30분경이다.

그는 집에 올 때는 될 수 있는 한 현관 밖에서 벨을 누르고 들어간다.

집에 올 때의 그는 절대신군도 디오도 아닌 그저 인간 이강도이기 때문이다.

딩동~

음브웨는 벨을 누르고 강도를 보며 생긋 미소 지었다.

칠러그는 한남동 저택에 두고 왔다.

단총아더러 칠러그를 잘 보살피라고 일러두었다.

칠러그는 주인 거즈더우람인 강도하고 떨어지면 안 된다면서 눈물을 뚝뚝 흘렸지만 강도로선 그녀를 집에 데리고 오기가 수월하지 않았다.

칠러그가 좋이라고는 하지만 여자들만 우글거리는 집에 또 여자를 데려오는 게 좀 그랬다.

음브웨는 여동생 얏코하고 강도네 집에서 지내고 있다.

강도와 음브웨가 현관 앞에서 기다리자 한쪽에서 누군가 다가왔다.

"주군."

염정환이다.

차동철과 진희, 염정환 세 명에게 유빈을 측근에서 호위하라고 명령했는데 이 늦은 시간에 염정환이 현관 앞에서 호위하고 있었다.

강도는 허리를 굽히는 염정환 어깨를 두드렸다.

"가서 쉬어라."

"물러가겠습니다."

염정환은 새로 이사한 아파트가 이곳과 같은 단지라서 귀가하는 데 5분도 걸리지 않는다.

늦은 시간인데도 벨소리가 나자 강도네 온가족이 현관으로 몰려 나왔다.

강도는 안으로 들어서며 엄마에게 꾸벅 고개를 숙였다.

"늦었습니다."

엄마는 측은한 얼굴로 강도의 손을 잡아끌었다.

"어서 와라. 피곤하지?"

여동생 강주만 빼고 유빈과 얏코는 강도를 바라보면서 미소를 지었다.

강도가 디오니 뭐니 해도 집에 오면 영락없는 인간이다.

엄마에겐 하나뿐인 아들이고 강주에겐 오빠이며 유빈에겐 남편인 것이다.

엄마가 강도의 손을 잡고 주방으로 이끌었다.

"밥 차려 줄게 이리 와서 앉아라."

배가 부른 강도지만 엄마가 해주는 집밥은 몇 그릇이라도 더 먹을 수 있다.

때아닌 새벽에 강주를 뺀 가족들이 식탁에 둘러앉았다.

강도가 밥을 먹으니까 음브웨와 얏코도 젓가락을 들고 달려들었다.

하루 종일 강도를 눈 빠지게 기다렸던 유빈은 강도 옆에 앉아서 맛있는 반찬들을 이것저것 챙겨주느라 분주하다.

엄마는 맞은편에 앉아서 강도와 유빈을 더없이 흐뭇한 표정으로 지켜보았다.

"엄마도 같이 드세요."

강도의 말에 엄마는 손사래를 쳤다.

"지금 먹으면 다 살로 간다."

유빈이 강도 밥공기에 고등어자반 한 조각을 얹어주면서 배시시 미소 지었다.

"어머니 다이어트하신대요."

"지금도 말랐는데 뺄 살이 어디 있다고 그러세요?"

강도가 짐짓 놀란 얼굴로 말하자 엄마는 말도 말라는 표정을 지었다.

"애는? 나이를 먹으면 나잇살이 찐다니까?"

"엄마, 몸무게 몇이에요?"

"여자 몸무게는 묻는 거 아니다."

엄마는 살짝 눈을 흘겼다.

엄마가 스스로 여자라고 말하는 것을 처음 들은 강도는 빙그레 미소 지었다.

강도는 요즘 엄마가 새벽같이 공장에 나가지 않는 데다 살림 형편이 좋아져서 잘 먹고 편히 쉰 덕분에 예전에 까칠했던 얼굴에 윤기가 돌고 행복한 미소가 사라지지 않는 모습이 너무도 보기에 좋았다.

유빈이 강도 귀에 손을 대고 귓속말을 했다.

"어머니는 저보다 2kg 더 나가요."

귓속말이지만 다 들렸다.

"유빈은 몇 kg인데?"

"48kg이에요."

"엄마······."

강도는 깜짝 놀라서 엄마를 바라보았다.

강도는 여자 나이 47세에 50kg이면 말랐다고 생각했다.

"엄마, 거기에서 더 빼면 쓰러져요. 다이어트보다는 건강이 우선이에요."

유빈이 웃으며 거들었다.

"어머니하고 저희 엄마하고 두 분이서 근처 에어로빅 학원 다니시기로 오늘 등록했어요."

엄마는 부끄러워서 얼굴을 붉혔다.

"에어로빅 학원에서 우리가 제일 나이가 많을 거야. 할머니들이 주책이지, 뭐."

강도는 볼이 미어지게 씹으면서 손을 저었다.

"요즘 100세 시대인데 엄마하고 장모님은 아직 후반전 시작도 안 했어요."

그래놓고서 강도는 유빈에게 권했다.

"유빈도 엄마들하고 같이 다니지그래?"

"그럴까요?"

얏코가 기대하는 표정으로 끼어들었다.

"저도 다닐까요?"

유빈이 손뼉을 쳤다.

"그래요. 우리 다 같이 다녀요."

엄마는 옆에 앉은 얏코의 손을 잡았다.

"그래. 유빈하고 얏코도 같이 다니면 좋을 거야."

여자들이 좋아서 '와아!' 하고 웃으며 박수를 치는 모습을 강도는 흐뭇하게 바라보았다.

만약 강도가 신 디오라면, 그래서 앞으로 디오로서의 삶을 영위해야 한다면 지금처럼 이런 따뜻한 광경은 볼 일이 없게 될 것이다.

강도는 평소에도 그랬지만 지금은 더욱더 인간으로 살고 싶다는 마음이 간절했다.

"하아아……."

폭풍우가 휘몰아치는 것 같은 격렬한 섹스가 끝나고 유빈은 땀에 젖은 얼굴로 뜨거운 한숨을 길게 내쉬었다.

똑바로 누운 자세인 유빈 몸 위에 엎드려 있는 강도 역시도 얼굴이 땀범벅이다.

그는 유빈의 땀에 젖은 머리카락이 얼굴에 달라붙은 것을 쓸어 올리며 부드럽게 입을 맞추었다.

"아프지 않았어?"

무림에서 섹스를 할 때 강도가 워낙 거칠게 공격을 할 때면 유빈은 이따금 소중한 부위가 아프다고 말했었다.

"아뇨, 전혀."

유빈은 강도의 혀를 빨아들였다.

"죽을 것처럼 좋았어요, 음……."

강도는 방금 목욕을 하고 나온 것처럼 싱그러운 모습의 유빈이 너무 예쁘고 사랑스러웠다.

그러다가 문득 그런 생각이 들었다.

디오도 사랑을 할까?

지구상의 모든 종(種)들은 암수가 있어서 서로 짝을 짓는데 과연 신은 암컷인가, 수컷인가?

아니면 지구상의 종들처럼 신도 암수가 있기는 한 것인가?

강도가 알고 있는 바로는 디오나 이슈첸, 뭄바는 수컷이고 암컷이 없는 것 같다.

인간들은 누구나 신에 대한 갈망과 환상을 품고 있다.

하지만 강도가 보기에는 신이 된다고 해서 재미있을 것 같다는 생각은 조금도 들지 않았다.

강도가 디오라면 인간으로서 누리는 모든 것을 포기해야만 한다.

그것들 중에 유빈도 포함된다.

그리고 가족도 마찬가지다.

디오에게 가족이 있을 리 만무하다.

신에게 가족이 있을 거라는 생각은 웃기는 발상이다.

그러니까 디오인 강도는 엄마와 강주하고 사는 것도 포기해야 할 것이다.

그렇지만 지금 강도는 유빈과 사랑을 나누고 있다.

그걸 보면 그는 디오라기보다는 인간 이강도에 가깝다.

그러나……

강도는 디오다.

시간이 지날수록 그 사실은 점점 더 명백해지고 있다.

그렇다면 그는 인간 이강도 이전에 수십만 년, 아니, 수십억 년을 살아왔을지도 모른다.

신은, 디오는 이처럼 인간으로 태어나서 인간의 풍요한 삶을 향유하는 것인가?

그러다가 싫증이 나면 다시 신으로 돌아가든가 다른 인간 혹은 암컷으로 태어나기도 하겠지.

신은 무한(無限)하다.

강도가 알고 있는 모든 사람이 죽어도 그는 살아남아서 또 다른 인연을 만들어낼 것이다.

유빈과 엄마와 강주가 죽어도 디오인 강도는 아무렇지도

않게 또 다른 삶을 영위할 터이다.

강도의 기억에도 없는 일이지만 아마 디오는 오랜 세월 동안 그래왔을 것이다.

강도의 몸이 뻣뻣하게 굳었다.

'싫다!'

그의 몸이 갑자기 굳어지자 유빈은 깜짝 놀라서 입술을 떼고 그를 바라보았다.

"여보……"

"유빈, 우린 한날한시에 죽자."

유빈은 눈을 동그랗게 떴다가 배시시 미소 지었다.

"네."

"널 절대로 놓치지 않을 거야."

그러면서 강도는 허리를 힘껏 앞으로 밀었다.

"아……"

아직 유빈의 몸속에 있던 그의 남성이 힘차게 찌르자 그녀는 화들짝 놀라 창에 찔린 것처럼 자지러졌다.

유빈은 2시간쯤 잠들었다가 깼다.

눈을 뜨니까 옆에 강도가 보이지 않았다.

그녀가 상체를 일으켜서 두리번거리자 강도가 책상 앞에 앉아 있는 모습이 보였다.

"여보."

골똘하게 생각에 잠겨 있던 강도는 유빈을 돌아보며 부드럽게 미소 지었다.

"깼어?"

"뭐 하세요?"

나신의 유빈은 침대에서 내려와 강도에게 걸어왔다.

"음, 생각할 게 좀 있어서……."

강도 역시 벌거벗은 몸인데 다가온 유빈을 자신의 무릎에 앉혔다.

유빈은 손을 강도 어깨에 얹고 안쓰러운 표정을 지었다.

"골치 아픈 일이 있나요?"

강도는 엷은 미소를 지었다.

"좀 그래."

강도는 뽀얗고 탱글탱글한 유빈의 유방을 어루만지며 빙그레 미소 지었다.

"저한테 말씀해도 되는 거라면 해보세요. 당신에게 도움이되고 싶어요."

무림에서 유빈은 강도의 책사 노릇을 톡톡히 했었다.

물론 신군성주이며 절대신군인 강도에겐 날고 기는 참모와책사들이 수두룩했었지만, 때로는 그들조차도 해결하지 못하는 골치 아픈 난제를 유빈이 제안한 방법으로 손쉽게 해결했던 적이 한두 번이 아니었다.

강도는 유빈의 유방을 쓰다듬으면서 그녀를 물끄러미 바라
보았다.

그는 자신이 처해 있는 상황에 대한 내용을 유빈이 더 자세
하게 알게 되면 두 사람 사이가 어색하거나 멀어지지 않을까
염려했다.

그렇지만 그는 유빈을 믿기로 했다.

그녀의 총명함과 사랑을.

강도는 지난번에 유빈에게 삼신에 대해서 부분적으로 알려
주었었다.

하지만 이번에는 부분적인 것 한 조각도 남기지 않고 무림
에서 현 세계에 돌아와서 겪었던 일들을 모두 그녀의 뇌리에
심어주었다.

강도가 예상했던 일이 일어났다.

강도에 대해서 모든 것을 알게 된 유빈은 몹시 충격을 받은
표정을 지으며 한동안 아무 말도 하지 못했다.

강도는 자신의 무릎에 앉은 유빈의 등허리를 부드럽게 쓰
다듬으며 인내심 있게 기다려 주었다.

그러나 유빈의 충격은 길지 않았다.

3분쯤 지난 후에 유빈은 팔로 강도의 머리를 감싸서 부드럽

게 가슴에 안았다.

"당신 혼자서 애 많이 쓰셨군요."

그녀의 말에 강도는 가슴이 뭉클했다.

자신에 대해서 알려주길 잘했다는 생각이 들었다.

디오라면 이런 감정을 느낄까?

아닐 것이다.

유빈은 강도의 뺨을 쓰다듬었다.

"여보, 당신이 그 어떤 존재라고 해도 제겐 한없는 사랑이라
는 사실은 변함이 없어요."

"유빈."

강도가 제일 염려하던 것을 유빈은 일시에 날려 버렸다.

"제 생각을 말씀드릴까요?"

"그래."

유빈은 자세를 바꿔서 강도와 마주 보는 자세를 취했다.

그녀는 두 손을 강도의 양어깨에 얹고 지혜로운 눈빛으로
설명을 시작했다.

강도는 유빈과 함께 다시 잠자리에 들었다가 불맹 부맹주
혜광의 연락에 잠이 깼다.

─주군, 요계가 장악한 진해사령부는 깨끗이 탈환했습니다.

"잘했다."

강도는 상체를 일으켜서 비스듬히 앉았고 잠이 깬 유빈은 그의 배를 베고 누웠다.

―그런데 뭔가 좀 이상합니다.

"뭔가?"

―이상한 점이 한두 개가 아닙니다.

원래 느린 말투의 혜광이 빨리 본론을 말하지 않자 강도는 그냥 그의 머릿속을 스캔해 버렸다.

강도는 자세를 고쳐 앉았다.

"혜광, 그건 이상할 정도가 아니잖아."

―그… 렇습니다.

혜광은 강도가 통화 중에도 자신의 머리를 스캔할 수 있다는 사실을 알게 되었다.

강도가 혜광의 머리를 스캔한 내용을 정리하면 이렇다.

혜광은 어제 직접 불맹 무당 5개조를 이끌고 경상남도 진해 사령부로 내려갔었다.

혜광은 최고수들로만 구성된 무당 87명과 함께 요계 아지트인 해군진해사령부를 덮쳤다.

그리고 불과 10여 분 만에 진해사령부 내의 요족들을 완전 소탕하여 탈환했다.

그런데 예상했던 것보다 요족의 수가 적었다.

진해사령부를 통틀어 요족이 17명밖에 없었다.

그나마 17명도 모두 잔챙이뿐이었다.

혜광은 진해사령부에 요족이 수백 명은 될 것이라 여기고 들이닥치자마자 요족들을 눈에 띄는 대로 죽였는데 결과적으로 17명을 모두 죽인 셈이 돼버렸다.

애초에 혜광은 진해사령부를 소탕하는 과정에 요족 굵직한 놈을 몇 놈 제압해서 신문을 할 생각이었으나 계획이 빗나가 버렸다.

더 중요한 사실은 진해사령부 사령관을 비롯하여 참모들과 장교들이 거의 보이지 않았다.

뭔가 잘못됐다는 생각에 적이 당황한 혜광은 이리 뛰고 저리 뛰다가 작전장교 한 명을 발견하고 제압해서 다그쳤다.

작전장교는 요족이 아니라 현 세계 인간이었고 그는 진해사령부가 요족, 아니, 외부 세력에 점령당했다는 사실조차도 모르고 있었다.

그러나 다행하게도 작전장교는 사령관 이하 주요 장교들의 행방에 대해서 알고 있었다.

그의 말인즉 모두 비상 작전을 위해 해군기지로 나갔다는 것이다.

─해군기지로 나가봤는데 배가 한 척도 보이지 않았습니다.

강도는 혜광의 머리를 스캔해서 그것 이상의 것들까지 다 알아냈다.

그가 혜광에게서 알아낸 것들을 종합해 보면 결론은 하나였다.

진해 해군기지에 주둔하고 있는 군함들이 모두 출항했다.

그런데 혜광이 합참의장과 통화해 본 결과 해군의 비상 작전 같은 것은 없다고 했다.

비상 작전이 없는데도 진해기지의 군함들이 어디론가 출동했다는 것이다.

'설마?'

강도의 필이 꽂히는 데가 있다.

마계 퓔드빌라그의 마쇼디크가 대한민국과 중국이 전쟁을 하도록 만들겠다고 말했던 것이 번쩍 생각났다.

강도에게 정신이 제압된 마쇼디크는 하롬과 함께 50만 마군을 데리고 퓔드빌라그의 중심 국가인 퓔드쾨지텐게르로 돌아갔다.

그런데 진해사령부를 장악하고 있던 요계가 느닷없이 진해기지의 군함들을 이끌고 어디론가 떠났다.

'요계가 마계의 계획을 실행하겠다는 것인가?'

그건 있을 수 없는 일이다.

지금껏 마계와 요계는 따로 행동했다.

그 둘이 같이 움직였던 적은 한 번도 없었으며 그런 징후도 감지된 적이 없었다.

이것은 우연의 일치인가?

그렇다면 요계는 무엇 하러 진해기지의 군함들을 몰고 나갔다는 말인가?

아무리 생각을 해봐도 마계와 요계의 연계점이 전혀 생각나지 않았다.

일단 마계와 요계를 분리해서 생각해야 한다. 둘을 억지로 연결시켜 놓으면 뒤죽박죽이 돼버린다.

그렇다면 요계는 마계하고는 상관없이 독단적으로 진해기지의 군함을 몰고 나간 것이다.

'그놈!'

그때 강도의 뇌리를 번뜩 스치는 것이 있다.

지난번에 강도를 한동안 갖고 놀았던 뭄바의 영이며 정신인 말라이카다.

말라이카는 현 세계에서 수노 행세를 하면서 삼맹 사람들을 감쪽같이 속였었다.

그리고 강도에겐 자신이 본대비제라면서 수작을 부리다가 결국엔 탄로 났었다.

강도는 말라이카를 생각하니까 반사적으로 그때 그가 했던 말들이 와르르 떠올랐다.

그것들 중에서 어떤 한마디가 날카롭게 뇌리에 꽂혔다.

말라이카는 자신을 '우리'라고 하면서 자신들끼리 독자적인 계획을 세웠다고 했었다.

그것이 '삼신을 배제한 평화'라고 말했다.

삼신을 배제했다면 디오와 이슈텐, 뭄바를 배제했다는 뜻이고, 거기에서 '우리'라는 것은 최소한 둘 이상 셋을 의미하는 것이다.

말라이카가 '우리'라고 했으니까 삼신에 속한 것들 즉, 삼신의 영들이 첫 번째로 꼽힌다.

디오의 영 즉, 정신 스피리토와 이슈텐의 영 외런절이다.

그때 말라이카는 '그'가 그 조직에 '일루미나티'라는 이름을 붙였다고 말했다.

'그'라는 것은 말라이카 자신이 아니라 또 다른 존재를 일컫는 것이다.

그러니까 일루미나티는 최소 삼신의 영 둘에서 최대 삼신의 영 셋과 이신(二神)의 능력 둘, 도합 다섯이 가담했을 수 있다는 계산이 나온다.

현재 강도가 포르차와 같이 있기 때문에 포르차를 제외한 삼신의 영 셋, 이신의 능력 둘, 그래서 도합 다섯이 일루미나티의 구성원 최대치라고 할 수 있는 것이다.

어쨌든 그것들이 서로 손을 잡고 일루미나티라는 것을 결성한 게 정말이라면 지금 이 상황이 설명되고도 남는다.

일단 뭄바의 영 말라이카와 이슈텐의 능력 민텐허토샤크가 일루미나티라고 가정해 보자.

마쇼디크는 대한민국 해군이 중국 상선이나 어선, 혹은 해군 함정을 침몰시켜서 전쟁을 발발시킨다는 계획이었다.

그런데 요계가 장악했던 해군 진해사령부 진해기지에서 출발한 군함들이 그 말도 안 되는 작전을 실행하려는 것인지도 모른다.

강도는 혜광에게 명령했다.

"혜광, 진해기지를 출발한 함정들을 찾아내라고 합참에 지시해라."

ー벌써 그렇게 지시했습니다.

잠시 뭔가 생각하던 강도는 음브웨와 얏코를 불렀다.

"음브웨, 얏코, 내 방으로 와라."

강도는 아까 유빈에게 현재 상황에 대해서 모두 설명을 해 주고 나서 그녀가 귀띔해 준 몇 가지 방법 중에서 하나를 실행해 보기로 했었다.

유빈은 디오의 영인 스피리토가 현 세계가 아닌 무림에 있을 것이라고 생각했다.

즉, 무림에서 강도와 유빈을 가르쳤던 수노가 스피리토일 것이라고 추측한 것이다.

어쩌면 스피리토는 무림에서 현 세계로 이동하는 월계를 하지 못하기 때문에 그대로 무림에 남아 있는지도 모른다는 게 유빈의 추측이기도 했다.

그러니까 스피리토를 찾으려면 무림으로 가야 한다는 것이 었다.

그래서 강도는 날이 밝는 대로 총본에 갔다가 무림으로 월계를 해서 그곳의 무림 고수들을 현 세계로 데려오는 과정에 스피리토에 대해서도 알아봐야겠다고 마음먹었었다.

그런데 난데없이 진해사령부의 일이 터진 것이다.

척!

그때 문이 벌컥 열리면서 음브웨와 얏코가 동시에 들어섰다.

얏코는 방에 들어오자마자 불을 켰다.

"무슨 일이에요, 주군?"

두 여자는 강도가 침대에 일어나 비스듬히 앉아 있는 것을 보고 빠른 걸음으로 다가왔다.

슥—

"너희들 할 일이 있다."

강도는 이불을 젖히고 침대에서 내려오려고 했다.

그런데 그는 그제야 유빈이 자신의 배를 베고 누워 있다는 것을 깨달았다.

유빈은 강도의 배를 베고 누워서 잠결에 그의 남성을 만지작거리고 있었다.

침대 가까이 다가온 음브웨와 얏코는 1m도 안 되는 거리에서 그 광경을 보고 눈을 동그랗게 뜨며 놀라 그 자리에 얼어 붙었다.

"어… 뭘 보냐?"

강도는 어색하게 웃으면서 얼른 침대에서 내려와 바닥에 널려 있는 옷을 집어 들었다.

"여보……."

유빈은 갑작스러운 상황에 잠이 깨서 부스스 일어났다.

강도는 서둘러서 옷을 입는데 엉큼한 음브웨와 얏코의 시선은 그의 몸 한 군데에 고정되었다.

유빈이 잠결에 만진 덕분에 그의 것은 매우 성난 상태가 되었다.

강도는 잠옷 차림의 음브웨와 브래지어와 팬티만 입은 얏코를 보고 꾸짖었다.

"옷 입고 와라. 갈 데가 있다."

두 여자는 서둘러 자기들 방으로 돌아왔다.

옷을 입던 음브웨는 얏코가 넋 나간 얼굴인데다 입에서 침이 흐르고 있는 걸 보았다.

"얏코, 정신 차리고 침 닦아라."

얏코는 스키니진에 하체를 구겨 넣으면서 꿈을 꾸는 것처럼 말했다.

"언니도 봤지?"

"뭘?"

"주군의 그거 말이야."

"얏코."

"아유… 우리 와다무 남자들하고는 비교가 안 돼."

음브웨는 어이없는 표정을 지었다.

"너 와다무 남자들 걸 봤어?"

얏코는 혀를 내밀었다.

"전에 모르고 오빠 방에 들어갔다가 오빠 부부가 톰바하는 거 본 적이 있어."

"너……."

톰바라는 것은 와다무 남녀의 교미다.

요족 와다무들은 정기적으로 한 달에 한 번 발정기 때만 섹스가 아닌 교미를 하는데 그걸 톰바라고 부른다.

와다무들은 발정기를 제외한 날에는 이성에 대해서 전혀 흥미를 느끼지 못한다.

티셔츠를 입던 얏코가 눈을 반짝거리면서 음브웨를 바라보았다.

"언니, 현 세계 중가 되고 나서 달라진 거 많지?"

'중가(Zunga)'라는 것은 요족이 현 세계 인간을 가리키는 호칭이다.

"그거야 많지."

음브웨는 두툼한 파카를 입으면서 얏코에게 서둘라고 손짓을 해보였다.

얏코가 목소리를 낮추었다.

"언니, 주군 보면 가끔 톰바하고 싶다는 생각 들지 않아?"

"얏코, 너……."

얏코가 손을 뻗어 음브웨의 허벅지를 지그시 꼬집었다.

"솔직하게 대답하지 않으면 꼬집는다?"

"아야……."

"말해봐. 주군하고 톰바하고 싶지?"

"아… 아… 그래… 아파……."

얏코는 꼬집는 걸 멈추고는 혀를 내밀었다.

"거봐, 언니도 나랑 똑같잖아."

"너 정말……."

"우리 이제 진짜 중가가 됐나 봐. 발정기 때만 아니고 아무 때나 톰바하고 싶은 걸 보면 말이야."

그때 얏코와 음브웨 머릿속에서 강도의 목소리가 울렸다.

―너희 둘 빨리 안 나올래?

두 여자는 속으로 비명을 지르면서 쏜살같이 튀어 나갔다.

강도는 얏코에게 한 가지 임무를 주어서 보냈다.

친한 요족 와다무를 만나서 그에게 진해사령부의 일을 알아보라고 시킨 것이다.

그리고 강도는 음브웨를 데리고 일단 총본으로 갔다.

그는 총본이 어디에 위치해 있는지 모르지만 그곳에 가는 건 어렵지 않았다.

"총본으로 가자."

…라고 명령했더니 다음 순간 그와 음브웨는 총본에 도착했다.

총본은 인천 영종도의 한 호텔이었다.

'라이징'이라는 이름의 호텔 전체가 총본이지만 그중에서도 사령탑은 42층 빌딩의 맨 꼭대기 층이다.

사방이 온통 통유리이며 한 칸으로 이루어진 사령탑의 이름은 '신군탑'이라고 하며 그곳에는 강도를 비롯한 측근들이 모두 모여 있었다.

신군탑의 크기는 2,000평방미터(605평)쯤 되는데 한쪽의 2백 평에는 마치 공항 관제탑 같은 복잡한 최첨단 시스템들이 가득 들어차 있고, 거기에는 푸른 제복을 입은 15명이 앉아 있었다.

그들 15명이 총본의 핵심 인력이다.

아니, 15명 중에 한 명은 서 있는데 그가 지금까지 총본을 이끌어온 책임자다.

또한 그는 강도가 익히 알고 있는 인물이었다.

"주군."

우뚝 서 있던 인물은 강도 앞에 무릎을 꿇고 엎드려 대례를 올렸다.

"너였으냐?"

강도의 말에 부복한 인물은 이마를 바닥에 댄 채 읊조렸다.

"송구합니다."

"일어나라."

책임자가 조심스럽게 일어섰다.

강도 뒤쪽에 있던 옥령이 책임자를 보며 놀라면서도 어이없는 표정을 지었다.

"당신이었어요?"

책임자는 강도 앞이라서 감히 섣부른 행동을 하지 못하고 옥령에게 슬쩍 눈인사만 했다.

이곳 총본의 책임자는 무림에서 강도의 심복 수하 중에서도 첫손에 꼽히는 인물이었다.

사대천황 중에 첫째인 천룡이 바로 그였다.

강도는 사대천왕에서 옥령을 제외한 세 명이 아직 무림에 있을 것이라고 생각했었다.

"내가 현 세계에 온 것을 알고 있었느냐?"

강도의 물음에 천룡은 공손한 자세를 취했다.

"속하가 주군을 현 세계로 모셨습니다."

"그래?"

강도는 아직도 자신이 모르고 있는 일들이 있다는 사실이 조금 불쾌했다.

하지만 지금은 그런 걸 따질 때가 아니다.

"현재 상황을 알고 있느냐?"

"조금 전에 혜광으로부터 연락을 받았습니다."

"혜광이?"

혜광이 총본으로 직접 연락을 취한 게 아니라 불맹으로 취한 연락이 총본의 시스템을 거치기 때문에 저절로 천룡이 알게 됐다는 사실을 강도는 천룡을 스캔해서 알게 되었다.

제33장
영들의 반란

어제 저녁 7시에 해군 진해기지에서 출항한 해군함정은 모두 6척이다.

4,500톤 강감찬급 구축함 한 척과 3,500톤급 호위함 한 척, 손원일급 1,800톤 잠수함 한 척, 450톤급 미사일고속함 2척, 그리고 군수지원함 한 척으로 구성되었다.

완전한 함대의 모양새는 아니지만 그 정도 규모라면 이지스 구축함이 빠진 정규 함대급이며 단독으로 얼마든지 군사작전이 가능하다.

총본 42층 신군탑 종합 시스템 앞에는 강도를 비롯한 측근들이 늘어서 있다.

현재 대한민국의 모든 군사 첩보 시스템이 풀가동되어 진해 기지에서 출발한 6척의 함정 위치를 찾고 있다.

그것과 별개로 총본 종합 시스템에서는 현재 대한민국 상공을 지나고 있는 외국 인공위성으로 6척의 함정을 찾고 있는 중이다.

"찾았습니다!"

그때 천룡이 외치듯 말하면서 대형 모니터를 가리켰다.

"유럽 인공위성 코페르니쿠스가 실시간으로 촬영하고 있는 서해상의 영상입니다."

강도가 쳐다보자 까만 모니터에 매우 흐릿한 물체 여러 개가 보였다.

"확대하고 있습니다."

천룡의 설명과 함께 모니터의 영상이 점점 크게 확대되었다.

드문드문 떠 있는 구름 사이로 시커먼 밤바다를 항해하고 있는 몇 척의 배가 나타났다.

화면이 더 확대되자 구축함을 비롯한 함대의 모습이 뚜렷하게 드러났다.

"어디냐?"

강도의 질문에 모니터 앞에 앉은 요원이 부동자세로 크게 소리쳤다.

"대한민국 영해를 벗어난 공해상입니다! 저대로 항진한다면 5분 이내에 중국 영해로 들어설 겁니다!"

이로써 진해기지를 출발한 함정들 즉, 가칭 진해함대가 중국에 선제공격으로 도발하려는 것이 분명해졌다.

다른 요원이 외쳤다.

"지금 오산공군 기지와 대구공군 기지에서 전투기들이 발진했습니다!"

"15분 후에 진해함대 상공에 도착할 예정입니다!"

진해함대는 2분 내로 중국 영해로 들어서는데 전투기들이 15분이나 걸린다면 아무 소용이 없다.

강도는 어떻게 해야 할지 궁리했다.

'내가 저곳으로 직접 갈 수밖에 없는 건가?'

진해함대는 통신을 완전히 차단한 상태라서 명령이나 설득을 할 수도 없는 상황이다.

요원이 또 외쳤다.

"진해함대 북서 전방 52km에는 칭따오가 있습니다!"

옥령이 강도에게 설명했다.

"칭따오는 중국 북해함대의 모항(母港)이에요."

진해함대는 중국 북해함대를 선제공격하려는 것 같았다.

미친 짓이다.

중국 어선이나 상선이 아니라 중국 해군 북해함대를 공격하는 것은 중국에 대한 선전포고다.

그러면 곧바로 전쟁으로 이어질 수밖에 없다.

그때 누군가 비명을 질렀다.

"아앗!"

"진해함대 양만춘함에서 미사일이 발사됐습니다!"

모니터에는 구축함에서 불꽃을 뿜어내며 위로 솟구치고 있는 길쭉하고 흰 물체가 보였다.

"SM—2 함대함 미사일입니다!"

"양만춘함이 연속해서 SM—2 한 발을 또 발사합니다!"

"호위함 울산함에서도 미사일을 발사하고 있습니다! 해성미사일입니다!"

"현재 5발의 미사일이 발사됐습니다!"

요원들의 외침에 실내는 한순간 패닉에 빠졌다.

"미사일 속도 마하 4, 앞으로 4분 27초 후에 칭따오 북해함대에 도달합니다!"

강도는 돌덩이처럼 굳은 얼굴로 모니터를 쏘아보았다.

모니터에는 하얀색 미사일들이 긴 밧줄처럼 줄지어서 암흑같은 하늘을 가로지르고 있다.

그러나 요원들이 시시각각 큰소리로 보고할 뿐 나머지 사람들은 모두 침묵을 지키고 있다.

다만 그들은 착잡하고 다급한 표정으로 강도를 주시했다.

그때 요원이 다급하게 외쳤다.

"중국 엔타이 공군 기지에서 전투기들이 출격했습니다!"

또 다른 요원이 발작하듯 외쳤다.

"중국 칭따오 미사일 기지에서 12발의 지대함미사일을 발사했습니다! 표적은 진해함대입니다!"

그렇지만 강도로서는 이때까지도 아무런 방법을 찾아내지 못했다.

'직접 가야겠다.'

여기에서 이렇게 발을 동동 구르고 있는 것보다는 자신이 직접 현장에 가야 어떻게든 해결할 수 있을 것이라는 판단이 섰다.

강도는 주위를 한 차례 둘러보고 나서 빠르게 말했다.

"모두 손을 잡아라."

옥령과 삼맹 부맹주들과 질풍대장 태청, 팀장들이 서로 손을 잡을 때 강도가 설명했다.

"내가 미사일을 맡을 테니까 그 사이에 너희들이 진해함대를 제압해라."

모두들 극도로 긴장한 표정인데 옥령이 대표로 물었다.

"어떻게 하실 건가요?"

"너희들을 진해함대 상공까지 데려갈 테니까 거기에서 각자 함정으로 낙하해서 진압해라!"

범맹 부맹주 유성추혼 정훈이 빠르게 물었다.

"중국 전투기들과 중국 쪽에서 발사한 12발의 미사일은 어찌합니까?"

"우리 미사일을 떨어뜨린 후에 생각하겠다."

강도의 방법은 상식적으로는 말도 되지 않는 것이다.

하지만 아무도 이의를 제기하지 않았다.

지금으로선 그것 말고는 달리 방법이 없으며 강도를 믿어야만 하는 상황이다.

모두들 손을 잡고 있으며 강도가 두 손으로 옥령과 태청의 손을 잡는데 뒤에서 음브웨가 두 팔로 그의 허리를 꼭 안으며 몸을 붙였다.

강도는 모두를 보이지 않는 줄로 묶고 주위에 무형막을 둘러친 다음에 속으로 짧게 명령했다.

'가자.'

이제는 어디로 가자고 할 필요도 없었다.

가야 할 곳을 그가 이미 머릿속으로 생각하고 있기 때문이다.

스으…….

강도와 일행은 캄캄한 허공에 불쑥 나타났다.

파아아아—

세찬 바람이 모두의 옷과 머리카락을 찢을 것처럼 거세게
날렸다.

강도와 모두의 시선이 일제히 아래로 향했다.

100m쯤 아래 밤바다에 6척의 크고 작은 함정들이 바다를
가르며 항진하고 있는 광경이 내려다보였다.

강도의 공간 이동은 정확했다.

모두들 손을 잡고 있지만 강도의 무형막과 보이지 않는 줄
이 그들을 단단하게 보호하고 있다.

강도가 아래로 곤두박질치듯 하강하자 모두들 한 덩어리가
되어 내리꽂혔다.

함대 50m 상공에 이르자 강도는 모두를 6척의 함정 위로
흩뿌렸다.

"가라."

쏴아아—

전체 13명은 부채처럼 좌악 펼쳐지면서 각자의 함정을 향
해 비조처럼 쏘아갔다.

강도는 그들을 잠시 지켜보다가 아직도 자신의 허리를 꼭
안은 채 뒤에 붙어 있는 음브웨의 손을 잡았다.

"같이 가요!"

음브웨는 강도가 자신을 떼어내려는 것을 알고 그의 허리
를 안은 두 팔에 더욱 힘을 주며 외쳤다.

강도로선 그녀가 붙어 있다고 해서 힘이 더 드는 게 아니니까 별 상관은 없다.

강도는 보이지 않는 줄로 자신과 그녀를 칭칭 묶고 즉시 미사일을 향해 공간 이동을 했다.

'미사일 앞으로!'

'엇?'

강도는 움찔 놀랐다.

쐐애애――

그를 향해 쏘아오는 미사일과의 거리가 너무 가까웠다.

그는 자신이 미사일을 떨어뜨려야 하는 상황에 처할 줄은 예상하지 못했었다.

강도는 피하지 않고 오히려 쏘아오는 미사일들을 향해 밤하늘에 우뚝 섰다.

'떨어뜨려야 한다!'

음브웨는 두 팔로 강도의 허리를 끌어안고 온몸을 그에게 밀착시킨 상태에서 그의 어깨 너머로 미사일들을 보았다.

선두의 미사일이 강도를 향해서 곧장 날아오고 있다.

지금 상황에서 강도는 포르차를 이용하지 않고는 5발의 미사일들을 떨어뜨릴 수 없다고 생각했다.

폭발시켜도 안 된다.

폭발하면 가까이에 있는 강도와 음브웨의 안전을 장담할 수 없다.

그러니까 무조건 바다로 추락시켜야만 한다.

강도는 선두의 미사일을 뚫어지게 주시하면서 마치 염력을 발휘하듯 온 정신을 집중했다.

그런데 그때 강도는 전방 머리 위 수백 미터 상공에 갑자기 하나의 붉은빛이 나타나는 것을 발견했다.

그 붉은빛을 쳐다보느라 집중이 흐트러졌다.

쒜애—

미사일은 코앞까지 쇄도하고 있다.

붉은빛이 강도를 향해 말 그대로 빛의 속도로 내리꽂혔다.

후우…….

그 순간 강도는 뭔가 자신의 몸에서 쑥 빠져나가는 것을 느꼈다.

'포르차!'

포르차가 빠져나갔다.

강도를 향해 내리꽂히는 붉은빛을 상대하려는 것 같았다.

강도는 적잖이 당황했다.

지금 상황에서 포르차가 없으면 어떻게 미사일을 떨어뜨린다는 말인가.

스웃—

자신이 없는 강도는 위로 솟구쳤다.

쒜액—

간발의 차이로 미사일이 그의 발아래로 날아갔다.

힐끗 쳐다보니까 포르차가 금빛이 되어 위로 비스듬히 솟구치며 붉은빛을 마주쳐 가고 있다.

섹헤이에서 강도를 공격했던 이슈텐의 능력 민텐허토샤크는 푸른빛이었다.

그렇다면 저 붉은빛은 뭄바의 능력 에찌일 가능성이 크다.

강도가 미사일을 떨어뜨리려는 상황에 에찌가 나타났다면 결론은 하나다.

'일루미나티.'

뭄바의 영 말라이카는 '삼신을 배제한 평화'를 이루려는 조직이 일루미나티라고 말했었다.

이로써 뭄바의 영 말라이카와 능력 에찌 둘 다 일루미나티인 게 분명해졌다.

에찌는 강도가 미사일들을 막는 것을 제지하려고 나타났을 것이다.

어쨌든 지금 상황에서는 강도 혼자 미사일들을 처리해야만 한다.

막바지에 몰린 그는 차라리 잘됐다는 생각이다.

미사일을 떨어뜨리는 것을 포르차가 할 것인지 자신의 능력으로 할 것인지 헷갈렸는데 이젠 선택이 하나뿐이다.

그때 위쪽에서 천둥소리가 터졌다.

꽈드등!

포르차와 에찌가 격돌한 것이다.

강도가 힐끗 쳐다보니까 불꽃놀이를 하듯 금빛과 붉은빛이 주위를 환하게 밝히면서 폭발하고 있다.

후우우…….

그리고 그 파장이 폭풍처럼 사방으로 퍼져 나갔다.

'첫 번째 미사일 위로!'

강도의 모습이 사라지는가 싶더니 첫 번째 미사일 위에 나타났다.

'할 수 있다.'

그는 공력을 극한으로 끌어 올렸다가 첫 번째 미사일을 향해 뻗으며 초절신강을 발출했다.

휘이잉!

퍽!

묵직한 경력이 첫 번째 미사일의 앞머리를 강타했다.

순간 미사일이 아래로 급격하게 확 꺾이면서 곤두박질쳤다.

'됐다!'

강도가 안도하고 있을 때 두 번째 미사일이 다가왔다.

첫 번째 미사일과 두 번째 미사일의 거리는 150m 정도 거리지만 음속의 4배 속도이기 때문에 초속 1,360m다.

강도가 첫 번째 미사일을 처리하고 돌아설 때 두 번째 미사일은 이미 지척까지 쏘아오고 있는 중이다.

공력을 끌어 올리고 자시고 할 겨를도 없이 그냥 초절신강을 뿜어냈다.

후우웅!

퍼억!

강도는 초절신강이 두 번째 미사일에 적중됐는지 확인할 새도 없이 다시 공간 이동을 하여 세 번째 미사일 전방에 나타나며 그대로 초절신강을 발출했다.

후아앙!

진해함대가 발사한 5발의 미사일들을 모두 바다에 빠뜨린 강도는 밤하늘을 쳐다보았다.

콰콰쾅!

강도에게서 몇 km 떨어진 밤하늘은 마치 전쟁에서의 치열한 공중전이 벌어진 것 같은 광경이 벌어지고 있다.

번개와 번개가 충돌하면 저럴까.

하늘이 폭발하면 저런 장면이 연출될까.

밤하늘은 온통 번뜩이는 섬광의 충돌과 금빛 붉은빛의 불꽃 파편들이 뒤덮고 있었다.

포르차와 에찌의 싸움은 말 그대로 신들의 전쟁이다.

그렇지만 강도는 그것에 한눈을 팔 겨를이 없다.

'중국 미사일 1㎞ 앞으로!'

쿠우우―

강도 전방에서 회백색의 길쭉한 물체들이 대형을 이룬 채 바다 수면에서 50m 상공을 저공으로 날아오고 있다.

'위로.'

강도는 공간 이동을 하여 순간적으로 30m쯤 위쪽에 나타나면서 선두 미사일을 향해 초절신강을 뿜어냈다.

휘이잉!

중국에서 발사한 12개의 미사일은 강도가 처리하기에는 너무 많았다.

그는 중국 미사일을 최초로 발견한 곳에서 2개를 바닷속에 수장시키고 나서 미사일들을 뒤따르면서 연이어 추락시키는 일에 전력을 쏟았다.

미사일을 뒤쫓으면서는 추락시키지 못한다.

공간 이동을 하지 않은 상태에서 그가 미사일보다 느리기 때문이다.

그래서 공간 이동으로 미사일을 앞질러 가서 두어 개를 격추시키면 불과 몇 초 사이에 다른 미사일들이 까마득하게 멀어지기 때문이다.

강도는 연이어서 초절신강을 쏟아내느라 몹시 지쳤다.

미사일 8개를 바닥에 빠뜨리고 네 번째로 미사일들을 앞질렀을 때 그는 움찔했다.

중국 미사일 4발이 쏘아가고 있는 전방 멀리에 희끗한 물체가 보였다.

진해함대다.

'이런……'

다급해졌다.

그는 쏘아오는 4발의 미사일 전방 20m 높이에서 쌍장으로 초절신강을 뿜어냈다.

휴우웅!

미사일이 진해함대에 도달하기 전에 잡으려면 한 번에 2발씩 추락시켜야만 한다.

픽! 픽!

쌍장이 2발의 미사일에 적중됐다.

2발의 미사일 앞쪽이 약간 숙여졌다.

만족할 정도는 아니지만 그 정도 숙여지면 진해함대에 도달하기 전에 바다에 빠질 것이다.

그런데 마지막 2발을 향해 쌍장을 발출하려던 강도는 미간을 잔뜩 좁혔다.

마지막 2발이 사정권을 벗어났다.

많이 지친 나머지 시간을 지체했고 그 사이에 마지막 2발이 사정권 밖으로 쏘아나갔다.

'미치겠네.'

강도는 마지막 미사일 2발 전방 위쪽에 나타났다.

'사라져라!'

그는 속으로 발악하듯 외치며 쌍장을 쏟아냈다.

퍼퍽!

초절신강은 두 줄기로 갈라져서 미사일 2발의 앞머리에 정통으로 적중됐다.

기우우…….

그런데 한 발만 대가리가 아래로 약간 쳐졌을 뿐이고 나머지 한 발은 미미하게 흔들리더니 날아가던 방향을 조금도 바꾸지 않았다.

'우라질!'

강도는 다급히 뒤돌아보았다.

마지막 한 발의 미사일이 쏘아가고 있는 방향 3km 거리에 진해함대의 양만춘함이 파도를 가르며 선두에서 달려오고 있는 모습이 보였다.

강도는 미사일 16발을 쫓아다니면서 격추시키느라 공력이 지나치게 허비됐다.

3km면 미사일의 속도로 2.5초밖에 안 걸린다.

2.5초 안에 초절신강을 발출해서 미사일 한 발을 맞추는 건 어렵지 않은데 그걸 추락시킬 만한 공력이 남아 있느냐가 문제다.

'부디……'

강도는 처절한 심정으로 공간 이동을 하며 최후의 젖 먹던 힘까지 끌어모았다.

강도는 양만춘함 정도 구축함에는 3백 명 가까운 승조원이 타고 있는 것으로 알고 있다.

정확하게 날아가고 있는 저 미사일 한 발이면 양만춘함은 격침당하고 말 것이고 3백 명의 무고한 인명이 차디찬 바닷물 속에 수장되고 만다.

그러면 강도가 몇 명이나 구할 수 있을까.

초겨울 차디찬 바닷물 속에서 인간은 10분도 견디지 못하고 저체온증으로 죽고 말 것이다.

'최적의 위치로!'

강도는 속으로 악을 썼다.

스으…….

그는 양만춘함을 등진 자세로 밤하늘에 불쑥 나타났다.

저만치 전방에서 동그랗고 작은 물체가 쏘아오고 있다.

마지막 미사일이며 2초 후에 양만춘함에 도달할 것이다.

강도는 남은 1.5초 동안 공력을 쥐어짜내서 오른손에 모아야 한다.

꽈꽈꽝! 우르릉!

어디에선가 포르차와 에찌가 싸우는 굉음이 터지고 주위에 섬광이 번쩍거렸다.

"흐으읍!"

강도는 한껏 숨을 들이키면서 상체를 꼿꼿하게 세우고 어깨를 활짝 폈다.

슈욱―

이어서 전방으로 쏘아가다가 갑자기 슬쩍 오른쪽으로 방향을 틀었다.

위에서 아래를 때리는 것보다 위에서 옆을 때리는 것이 효과적이라고 판단했다.

그렇게 하면 미사일을 바닷속에 빠뜨리지 못하더라도 양만춘함을 비껴가게 만들 수 있다는 판단에서다.

최선책이 있는데도 차선책까지 염두에 둬야 하는 상황이지만 그게 강도를 비참하게 만들지는 못했다. 그 정도로 다급하다는 뜻이다.

강도는 미사일을 쏘아보다가 어느 순간 전력으로 오른손을
내밀었다.

강도만이 알고 느낄 수 있는 무형의 기운이 장심을 통해서
해일처럼 쏟아져 나갔다.

퍼어—

초절신강이 미사일 전면부를 위에서 옆 왼쪽에 정확하게
명중됐다.

수면에서 25m 높이를 비행하고 있던 미사일 방향이 비스듬
히 아래로 꺾이면서 오른쪽으로 7~8도쯤 틀어졌다.

'됐…….'

미사일을 눈으로 좇으면서 안심하던 강도의 눈이 커졌다.

미사일이 양만춘함을 빗나가기는 했지만 뒤따르고 있는 다
른 호위함인 충북함을 향해 날아가고 있기 때문이다.

그것도 함수를 향해 정면이다.

"이런 염병……."

방금 전에 최후의 공력까지 죄다 쏟아냈기 때문에 이젠 손
을 뻗어봤자 땀만 나올 것이다.

강도는 어금니를 악물었다.

'미사일 대가리로!'

강도는 미사일 앞부분에 나타나자마자 어깨로 힘껏 부딪치
면서 밀어붙였다.

쿵!

"윽!"

"악!"

둔탁한 충격이 어깨로 전해지자 그와 음브웨는 동시에 신음을 터뜨렸다.

푸악!

강도는 두 팔로 미사일을 안은 채 바닷물 속으로 처박혔다가 미사일이 깊이 가라앉는 것을 확인하고 수면 밖으로 솟구쳤다.

파아―

강도는 양만춘함 꼭대기 함교 입구에 가볍게 내려섰다.

흠뻑 젖은 그와 음브웨 몸에서 물이 주르르 떨어졌다.

함교 문이 왈칵 열리고 옥령과 태청이 달려 나왔다.

"주군!"

강도는 함교 안에 해군 장교들이 쓰러져 있거나 무릎을 꿇고 있는 광경을 창을 통해서 보고 옥령과 태청 등이 양만춘함을 장악했다는 사실을 짐작했다.

설명은 길었지만 강도가 옥령 등을 진해함대에 던져주고 나서 17발의 미사일을 모두 처리하는 데 걸린 시간은 채 1분도 지나지 않았다.

강도는 함교 브릿지 안으로 들어가며 모두에게 말했다.

"보고하라."

진해함대로 흩어진 수하들이 함정을 모두 장악했다는 보고를 했다.

강도는 브릿지 안에 쓰러져 있거나 무릎을 꿇고 있는 해군 장교와 사병들을 둘러보았다.

"진해로 돌아간다."

옥령이 쓰러진 채 눈을 뜨고 껌뻑거리고 있는 요족을 가리키며 말했다.

"이자가 진해사령부 사령관이에요."

옥령은 강도 뒤에서 두 팔로 그의 허리를 감고 꼭 붙어 있는 음브웨를 힐끗 봤으나 개의치 않았다.

음브웨가 강도의 그림자 같은 존재라는 것을 알기 때문이다.

음브웨는 강도의 허리에서 팔을 풀고 옆으로 나서며 사령관 행세를 한 요족을 굽어보았다.

"바우만이에요."

요계 2위가 바우만이다.

강도는 일전에 서울대양병원을 급습했을 때 원장 행세를 하던 바우만과 그의 부인 우쭈리를 본 적이 있다.

바우만은 대단한 실력을 지녔지만 옥령이나 태청의 적수는 못 된다.

쓰러져 있는 자들은 5명인데 모두 요족이고 바우만 아래 신분이다.

그리고 무릎을 꿇고 있는 자들은 해군으로 현 세계 인간들이다.

그들은 사령관과 장교들이 명령을 하니까 따를 수밖에 없었을 것이다.

바우만 등을 죽이지 않고 제압한 이유는 심문해서 정보를 알아내기 위함이다.

강도는 다시 함교 밖으로 나갔다.

중국에서 발진하여 진해함대로 향하고 있는 전투기들을 처리하려는 것이다.

"음브웨는 여기 있어라."

"싫어요."

강도가 명령했지만 음브웨는 재빨리 그의 뒤에서 두 팔로 허리를 끌어안으며 몸을 밀착시켰다.

"너……."

옥령이 뭐라고 꾸짖으려는 것을 강도가 그만두라는 눈짓을 보냈다.

이즈음에 이르러 음브웨나 얏코는 강도에게 수하라기보다는 가족 같은 존재가 되었다.

강도는 몸을 틀어 음브웨의 머리를 쓰다듬었다.

"음브웨, 여기 있어라."

말은 조금 전과 똑같지만 음브웨에게 전해지는 느낌은 전혀
달랐다.

이건 명령이 아니라 타이르는 것이다.

음브웨는 강도의 부드럽고 따뜻한 눈빛을 접하고는 비로소
팔을 풀었다.

중국 최신예 전투기 젠16 4대가 편대를 이루어 마하 1.5의
속도로 비행하고 있다.

이들은 중국 영해를 침범한 대한민국 해군함정들을 요격
격침시키라는 명령을 받았다.

젠16 4대는 다이아몬드형으로 편대비행을 하는데 앞선 전
투기에 편대장이 타고 있다.

편대장 레이더에 진해함대가 포착되자 편대장이 상부에 최
종 승인을 요구했다.

"표적 발견. 요격하는가?"

―요격하라. 모두 격침시켜라.

명령이 떨어지자 편대장이 조종사들에게 미사일 발사를 명
령했다.

그때 갑자기 편대장 조종석 앞창에 커다랗고 시커먼 물체
가 달라붙었다.

퉁!

"우왓!"

편대장은 소스라치게 놀라 몸이 뒤로 젖혀졌다.

편대장 조종석 앞창에 달라붙은 강도는 편대장의 정신을 제압하고 명령했다.

―귀환하라.

상체가 뒤로 한껏 젖혀졌던 편대장은 몸을 똑바로 추스르더니 조종사들에게 명령했다.

"귀환한다. 반복한다. 기지로 귀환한다."

급강하했던 편대장 전투기가 다시 급상승하더니 밤하늘에서 크게 반원을 그리며 중국 쪽으로 방향을 잡자 다른 3대도 급선회했다.

강도는 잠시 편대장 전투기 앞창에 붙어 있다가 사라졌다.

양만춘함으로 돌아온 강도는 함교 밖 난간에서 밤하늘을 둘러보며 포르차와 에찌를 찾아보았다.

그러나 아무것도 보이지 않고 그저 먼 곳에서 아스라이 섬광이 번뜩이면서 우르릉거리는 천둥소리가 들릴 뿐이다.

강도는 태청의 안내로 어느 선실 안으로 들어갔다.

그곳 바닥에는 진해사령부 사령관 행세를 하던 요족 바우만이 혼자 바닥에 앉아 있었다.

강도와 옥령, 태청, 음브웨가 나란히 서서 바우만을 굽어보았다.

그런데 강도가 슬쩍 미간을 찌푸렸다.

"이놈 죽었다."

"무슨 말씀을……."

태청이 급히 다가가서 바우만을 살피더니 깜짝 놀랐다.

"엇? 정말 죽었습니다."

그는 당황해서 어쩔 줄 몰랐다.

"제대로 제압했는데 어떻게 이런 일이……."

그때 갑자기 선실이 심하게 흔들렸다.

구우우…….

"어엇?"

선실이 흔들리면서 기울자 태청과 옥령, 음브웨는 중심을 잡으려고 뒤뚱거렸다.

강도는 선실의 둥근 창밖을 보다가 표정이 변했다.

창밖으로 바다가 아닌 밤하늘이 보였다.

배가 허공으로 떠오르고 있다.

순간 강도의 모습이 선실 안에서 사라졌다.

강도는 양만춘함 위에 나타났다.

그리고 그는 하나의 푸른빛의 긴 띠가 양만춘함을 휘감아서 허공으로 높이 들어 올리고 있는 광경을 발견했다.

'민덴허토샤크!'

섹혜이에서 포르차에게 쫓겨 도망쳤던 민덴허토샤크가 다시 나타나서 양만춘함을, 아니, 강도를 공격하고 있는 것이다.

꽈드득!

그때 양만춘함이 빈 맥주 캔을 찌그러뜨리는 것처럼 비틀어졌다.

그걸 본 강도는 앞뒤 잴 것 없이 푸른빛 민덴허토샤크를 향해 돌진했다.

"이 개자식……."

콰가가각!

양만춘함이 꽈배기처럼 맥없이 비틀어지고 있었다.

강도의 손에 파멸도가 잡혔다.

쉬이잉!

파멸도가 양만춘함을 감고 있는 푸른빛을 베어갔다.

꺼겅!

"왁!"

파멸도는 푸른빛의 띠를 자르지 못하고 외려 반탄력에 퉁겨지며 강도에게 수십 톤의 충격을 주었다.

강도는 밤하늘을 팽그르르 돌면서 가랑잎처럼 날아갔다.

날아가면서도 그는 너무 조급했다.

'저대로 놔두면 배가 잘라진다……'

허공에서 양만춘함이 두 동강 나서 바다에 떨어지면 침몰하고 만다.

그러면 양만춘함에 타고 있는 3백여 명이 모조리 바다에 수장되고 말 것이다.

하지만 강도는 미사일 17발 격추시키느라 공력을 깡그리 허비해서 기진맥진한 상태였다.

원기 왕성한 상태라고 해도 민텐허토샤크에게 상대가 되지 않는데 이런 상황이면 한 방에 개죽음당하고 말 것이다.

그런데 지금 포르차도 없다.

그렇다고 양만춘함이 두 동강 나는 걸 뻔히 보고만 있을 수는 없는 일이다.

강도는 수백 m나 날아갔다가 공간 이동을 해서 민텐허토샤크 앞에 나타나면서 피를 토하는 것처럼 악을 썼다.

"나는 디오다—!"

구오옴—

파멸도가 푸른빛 띠를 그어갔다.

쩌어엉!

파멸도는 푸른빛 띠를 자르지 못했다.

그러나 푸른빛 띠가 부르르 전율하더니 감고 있던 양만춘함을 놔버렸다.

쿠우우—

양만춘함이 100m 아래 바다로 곤두박질치며 떨어졌다.

강도는 자신에게 그럴 만한 능력이 있는지 없는지 생각하지도 않고 양만춘함을 향해 손을 뻗어 힘껏 끌어당기는 동작을 취했다.

그우우…….

순간 추락하던 양만춘함이 뚝 멈추었다.

양만춘함에서 비명을 지르고 아우성치는 소리가 강도 귀에 들렸다.

그는 양만춘함을 똑바로 세우고 천천히 바다에 내려놓으려고 했다.

그때 민덴허토샤크가 강도를 향해 내리꽂혔다.

쉬이이—

그러나 강도는 양만춘함을 놓을 수가 없다.

떠엉—

순간 강도의 등에 무지막지한 충격이 가해졌다.

그렇지만 충격뿐 그의 몸이 찢어지거나 분해되진 않았다.

강도의 몸이 아니라 디오의 본신이기에 민덴허토샤크의 공격을 정통으로 맞고도 끄떡없는 것이다.

그러나 그 충격에 강도는 양만춘함을 놓쳤다.

양만춘함이 30m 높이에서 바다를 향해 급강하했다.

배를 똑바로 세우긴 했는데 이 정도 높이에서 떨어지면 침몰할지 어떨지 알 수가 없다.

쉬아아악!

민덴허토샤크가 재차 공격을 가해왔다.

그러나 강도는 양만춘함을 포기할 수가 없어서 아래로 공간 이동을 하면서 손을 뻗어 무형의 기운으로 배를 붙잡으며 명령했다.

'무형막!'

꽈웅!

그의 명령과 동시에 푸른빛이 그에게 충돌했다.

쿠아앙—

강도는 무형막 덕분에 큰 충격을 받지 않았지만 양만춘함을 또다시 놓치고 말았다.

더구나 양만춘함은 균형을 잃고 무게중심이 무거운 앞쪽 선수부터 바다로 내리꽂히고 있다.

저대로 추락하면 그대로 수장되고 말 것이다.

강도가 양만춘함을 향해 손을 뻗는 것과 민덴허토샤크의 세 번째 공격이 동시에 벌어졌다.

양만춘함을 아직 붙잡지 못한 상태고 방금 전 공격으로 무형막이 깨져 버렸다.

이번에 민덴허토샤크의 공격에 제대로 적중되면 강도에겐

대미지가 클 것 같았다.

고오오—

측면에서 새파란 빛이 쏘아오는 게 얼핏 보였다.

그는 다급했지만 머리는 차가웠다.

'디오는 신이다! 신은 전능하다! 무엇이든지 할 수 있다!'

그는 자신이 디오의 명령 체계를 제대로 터득하지 못했다는 생각이 들었다.

디오는 무엇이든지 할 수 있는데 자신이 그걸 제대로 이용하지 못하는 것 같다.

"번개!"

그가 급히 외쳤다.

그러나 민덴허토샤크의 공격이 먼저 그의 옆구리를 갈겼다.

뿌악!

"흐악!"

그리고 다음 순간 밤하늘 높은 곳에서 빛줄기 하나가 민덴허토샤크에게 내리꽂혔다.

쫘드드등!

번개의 시뻘건 빛과 민덴허토샤크의 푸른빛이 한 덩이가 되어 불꽃놀이처럼 폭발했다.

푸른빛이 여러 조각으로 흩어졌다.

강도는 몸뚱이가 찢어지는 고통을 느끼며 쏜살같이 바다로 내리꽂혔다.

"으윽……."

수면에 이르러 가까스로 멈춘 그는 위에서 떨어지고 있는 양만춘함을 향해 두 손을 뻗으며 위로 솟구쳤다.

'제발……'

민덴허토샤크가 번개에 의해서 흩어진 지금 양만춘함을 구하지 않으면 기회가 없다.

텅—

"우웃!"

강도의 두 손바닥이 양만춘함의 선수 쪽 밑바닥을 받았다.

그러고는 물속에 처박혔다.

푸악!

그러나 다행히도 균형을 잡은 양만춘함은 물속으로 쑥 꺼졌다가 다시 수면으로 불룩 튀어 올랐다.

이어서 몇 번 뒤뚱거리더니 제자리를 잡았다.

강도는 물속으로 수십 m나 가라앉았다가 겨우 정신을 차리고 위로 솟구쳤다.

촤아—

그가 양만춘함 위로 솟구치고 있을 때 흩어졌던 푸른빛이 다시 하나로 합쳐지고 있었다.

그는 다시 번개를 불렀다.

'번개!'

밤하늘에는 구름 한 점 없지만 어디선가 새빨간 번개가 갈 지자로 내리꽂혔다.

번쩍!

쩌어억!

민덴허토샤크의 푸른빛 덩이에 번개가 적중되어 다시 산산조각 흩어졌다.

도대체 민덴허토샤크를 어떻게 해야 죽일 수 있는 것인지 모르겠다.

아니, 죽일 수는 있는 것인가?

강도는 중요한 사실을 깨달았다.

디오의 본신이 포르차 이상의 위력을 지녔을지도 모른다는 생각이다.

그런데 번개에 맞아서 산산이 흩어졌던 수십 개의 푸른빛들이 갑자기 양만춘함을 향해 위에서 아래로 우박처럼 쏟아져 내렸다.

콰콰아앗—

강도는 민덴허토샤크를 과소평가했다.

그가 어떻게 해볼 새도 없이 양만춘함은 수십 발의 기관포탄에 두들겨 맞은 것처럼 벌집이 됐다.

퍼퍼퍼퍼퍽!

아직 균형을 잡지 못하고 출렁거리던 양만춘함은 수십 군데에 구멍이 뚫리더니 곧 불길이 치솟았다.

민덴허토샤크의 푸른빛은 하나로 합치지 않고 수십 조각이 바닷속에서 솟구쳤다.

바닷속에서 솟구친다는 것은 수십 조각의 푸른빛들이 양만춘함을 위에서 아래로 관통했다는 것이다.

그런데 그때 푸른빛 수십 조각이 이번에는 양만춘함을 향해 측면에서 소나기처럼 쏟아져 갔다.

그대로 놔두면 양만춘함 옆구리가 관통돼서 이번에는 폭발하게 될지도 모른다.

물 밖으로 솟구쳐서 허공에 떠 있는 강도는 온몸이 아프지 않은 곳이 없다.

사지육신이 너덜너덜해진 것 같지만 수십 조각의 푸른빛들이 양만춘함 옆구리를 관통하는 것을 그냥 보고만 있을 수는 없다.

그렇지만 이번에는 번개로도 어떻게 할 수가 없을 것 같다.

번개를 수십 갈래로 나누어서 푸른 빛살들을 모두 맞춰야 하는데 그게 가능할 것 같지가 않다.

그러나 방금 전에 번개가 민덴허토샤크를 정확하게 맞춘 것은 강도의 솜씨가 아니었다.

그는 단지 명령만 했을 뿐이고 그걸 정확하게 수행한 건 번개 스스로였다.

지금으로선 번개를 부르는 것만이 유일한 방법이다.

그는 번개에게 푸른빛의 조각들을 막으라고 명령했다.

번쩍—

밤하늘에서 번개가 내리꽂혔다.

강도가 원하는 대로 한 줄기 번개가 내리꽂히다가 수십 줄기로 거미줄처럼 갈라졌다.

퍼퍼퍼퍼퍼퍽!

수십 조각의 푸른빛이 양만춘함 옆구리를 꿰뚫었다.

그런데 정말 어이없는 일이 벌어졌다.

푸른빛이 양만춘함 옆구리를 벌집으로 만들고 반대편으로 빠져나간 직후에 번개가 푸른빛을 때린 것이다.

푸른빛의 조각은 정확히 36개였는데 번개도 36갈래로 갈라져서 푸른빛을 갈랐다.

번개에 맞은 36개의 푸른빛들은 하나같이 물속에 처박혔으며 한동안 모습을 드러내지 않았다.

강도는 그 정도로 민덴허토샤크가 죽거나 소멸되지 않을 것이라고 생각했다.

그렇지만 어느 정도 대미지를 입었을 것이기 때문에 이럴 때 양만춘함을 돌봐야 한다.

쿠우우…….

하지만 양만춘함은 이미 배가 기울기 시작했다.

수십 군데 수박 크기의 구멍이 숭숭 뚫렸기 때문에 오래지 않아서 침몰할 것이다.

숫—

강도는 양만춘함 앞쪽 갑판에 내려서서 근처의 함정들을 불러 양만춘함의 사람들을 옮겨 태우도록 했다.

그때까지도 포르차는 돌아오지 않았다.

그렇다는 것은 에찌하고의 싸움이 아직 승부가 나지 않았다는 뜻이다.

또한 어제 섹헤이에서 포르차하고 싸우다가 도망쳤던 민덴허토샤크가 다시 돌아왔다는 것은 에찌하고 한통속 즉, 일루미나티라는 의미다.

일단 말라이카와 에찌, 민덴허토샤크가 일루미나티라는 것이 확인됐다.

이슈텐, 뭄바하고는 상관없이 능력과 영이 작당을 해서 지구상의 질서를 어지럽힌다는 것은 용서할 수 없는 일이다.

'민덴을 잡자.'

강도는 디오 본신의 능력이 포르차에 뒤지지 않는다고 판단했다.

아니, 포르차하고는 또 다른 능력을 지니고 있다.

포르차가 파워라면 디오 본신은 사물을 부리는 '조종'의 능력이 있다.

말하자면 절대자의 '조종'이다.

'지금 잡지 않으면 나중에 골치 아파진다.'

강도는 위기를 기회로 삼기로 마음먹었다.

또한 그는 이 기회에 디오의 능력을 시험해 보기로 했다.

그는 양만춘함에서 다른 함정으로 옮겨 타고 있는 사람들을 보다가 그들을 시험 대상으로 삼아야겠다고 생각했다.

즉, 양만춘함에 현재 타고 있던 사람들을 모두 안전한 지역으로 한꺼번에 옮기는 것이다.

이것이 성공한다면 무림에서 현 세계로 사람을 데리고 오는 것을 총본의 시스템을 이용하지 않고서도 가능하다.

'양만춘함에 타고 있는 사람들만 진해사령부로 옮긴다.'

일단 마음속으로 바운더리를 정하고 진해사령부 앞마당을 떠올렸다.

그러고 나서 양만춘함 갑판에 모여 있는 사람들을 주시하며 속으로 외쳤다.

'옮겨라!'

그런데 아무런 변화가 없다.

'안 되는 건가?'

조금 실망하던 강도는 뭔가 이상한 것을 느꼈다.

양만춘함 갑판에 모여 있는 사람들이나 옆에 바싹 붙인 함정으로 옮겨 타려던 사람들의 움직임이 뚝 멈췄다.

그것은 마치 한 장의 사진 스틸컷을 찍은 것 같았다.

부우우…….

그러더니 갑자기 스틸컷이 강도의 눈앞에서 사라져 버렸다.

그러고는 전혀 다른 광경이 나타났다.

양만춘함 갑판에 아무도 없으며 다른 함정으로 옮겨 타려던 사람들 모습도 씻은 듯이 사라졌다.

양만춘함에 있던 사람들이 옮겨 타는 것을 돕고 있던 옆 함정의 해군들은 갑자기 사라진 사람들 때문에 깜짝 놀라서 허둥거렸다.

강도는 주위 함정에 타고 있는 질풍대원들에게 천리전음으로 명령했다.

[양만춘함의 사람들은 모두 진해사령부로 보냈으니 너희들도 전속력으로 귀환하라.]

강도는 양만춘함에서 밤하늘로 떠올랐다.

텅 빈 양만춘함 혼자 덩그렇게 떠 있고 다른 함정들은 빠른 속도로 점점 멀어져 갔다.

강도는 자신이 이곳에 있으면 민덴허토샤크가 함정들을 공격하지 않을 것이라고 생각했다.

민덴허토샤크의 목적은 강도, 아니, 디오이지 해군함정 같은 게 아니다.

아무것도 보이지 않는 텅 빈 바다 위 허공에 떠 있는 강도는 주위를 둘러보다가 명령했다.

'포르차를 보여라.'

그러자 갑자기 밤하늘에 눈부신 빛의 덩어리가 나타났다.

금빛과 붉은빛이 한데 뒤엉켜서 커다랗게 둥근 원을 형성하고 있는데 마치 하나의 작은 태양처럼 빛났다.

포르차와 에찌인데 한 덩어리가 되어 원 안에 금빛과 붉은빛이 뒤엉켜 있다.

웅웅웅……

밝은 빛이 더 밝아지기도 하고 빛이 스러지기도 하는 광경이 계속되었다.

아마 포르차와 에찌가 하나로 뒤엉켜서 파워 싸움을 하는 것 같았다.

너무 밝아서 잘 보이지 않는데 눈도 깜빡이지 않고 주시하던 강도는 한 가지 사실을 알게 되었다.

금빛이 붉은빛을 에워싼 형상이었다.

말하자면 달걀 흰자위가 노른자를 감싼 것처럼 포르차가 에찌를 칭칭 휘감고 있다.

포르차와 에찌가 싸우는 곳은 강도가 있는 곳에서 육안으로 보이지 않을 정도로 멀지만 강도의 명령에 의해서 바로 눈앞에서 보고 있는 것이다.

강도가 보기에 포르차는 이참에 아예 에찌를 끝장내려는 것 같았다.

일대일로 싸우면 에찌는 포르차의 상대가 되지 못한다고 강도는 알고 있다.

커다란 원 안의 붉은빛은 느리지만 점차 쪼그라들고 광채가 약해지고 있었다.

'에찌는 포르차에게 맡기고 나는 민텐을 잡자.'

포르차가 작정을 하고 에찌를 끝장내고 있는 걸 보고 강도는 자신의 할 일을 찾았다.

'민텐허토샤크를 찾아라.'

그는 명령을 하면서 재빨리 주위를 둘러보았다.

푸아앗—

그런데 그때 바닷속에서 푸른빛이 수직으로 솟구쳤다.

솟구친 푸른빛은 곧장 포르차와 에찌가 한 덩어리를 이루고 있는 원을 향해 돌진했다.

강도는 어떤 사실을 깨닫고 흠칫했다.

포르차와 에찌가 싸우고 있는 곳은 여기가 아니다.

먼 곳에서 싸우고 있는데 그걸 보려고 가까운 곳에 이미지화시킨 것이다.

그러니까 지금 민텐허토샤크가 밤하늘로 솟구친 장소는 여기가 아니다.

'싸우는 곳으로!'

강도가 명령하자마자 그의 모습이 사라졌다.

강도가 다시 나타났을 때 그의 머리 위에서 푸른빛 덩어리
가 작은 태양처럼 빛나고 있는 원에 충돌하고 있는 중이다.

꽈꽈꽝!

강도로선 생전 처음 들어보는 엄청난 폭음이 터졌다.

그와 동시에 원이 깨지면서 포르차와 에찌, 그리고 민덴허
토샤크가 튀어나왔다.

꽈드드드둥—

포르차와 에찌, 민덴허토샤크는 세 방향으로 퉁겨졌다.

강도는 재빨리 에찌와 민덴허토샤크를 가리키며 명령했다.

"번개!"

번쩍!

민덴허토샤크는 재빨리 피했고 에찌는 정통으로 얻어맞았다.

쩌러렁!

붉은빛이 불꽃놀이처럼 사방으로 퍼졌다.

강도는 자신과 포르차가 합심하면 에찌와 민덴허토샤크를
완전히 제압할 수 있을 것이라고 믿었다.

"포르차! 에찌를 맡아라!"

강도는 민덴허토샤크하고 싸워봤기 때문에 에찌보다는 수

월할 거라고 생각했다.

포르차가 에찌에게 쏘아가는 것을 보고 강도는 민덴허토샤크를 처다보며 명령했다.

'묶어라!'

끼이이…….

순간 민덴허토샤크가 움직임을 뚝 멈추었다.

그것은 마치 민덴허토샤크 주변이 꽁꽁 얼어붙어서 얼음 속에 가둬 버린 것 같은 광경이다.

번개에 이어서 또 다른 명령 체계를 알게 된 강도는 자신감이 생겼다.

강도는 자신의 명령이 어디까지 먹히는지 시험해 보았다.

'소멸시켜라!'

그 한 마디로 민덴허토샤크를 소멸시킬 수 있다고 생각하지는 않지만 자신의 명령이 어느 것은 되고 어느 것은 안 되는지 알아야 했다.

그렇지만 몇 초의 시간이 흘렀는데도 민덴허토샤크에게는 아무런 변화도 일어나지 않았다.

민덴허토샤크를 공격할 수 있는 한 번의 좋은 기회를 잃었다. 기회는 자주 오지 않는다.

'번개!'

일단 번개 명령을 내려놓고서 생각했다.

저경……

민덴허토샤크가 묶임에서 풀리고 있다.

그때 묶임에서 풀려나려고 하는 민덴허토샤크를 번개가 강타했다.

빠자자작!

민덴허토샤크의 푸른빛은 수십 조각으로 쪼개져서 바다에 처박혔다.

바닷물 속이 새파래지다가 빠르게 원래의 색을 되찾았다.

강도는 민덴허토샤크가 바닷속에서 튀어나오는 것을 찾으려고 재빨리 둘러보다가 움찔했다.

그의 앞에 느닷없이 어떤 낯익은 광경이 펼쳐졌다.

그가 중학교 2학년 때까지 살았던 서울 상도동의 어느 골목길 안 이층집이다.

제법 널따랗고 나무와 꽃들이 흐드러지게 핀 아담한 정원에서 웃음소리가 들렸다.

"……."

강도는 그 웃음소리의 주인이 자신과 여동생 강주라는 것을 알았다.

"아하하하! 강도야! 정말 흉내 잘 낸다! 너 개그맨 해라!"

정원에 있는 긴 의자 팔걸이를 두드리면서 목젖이 보일 정도로 자지러지게 웃어대는 강주는 단발머리에 앳된 중학교 2학년생 모습이다.

여긴 옛날에 살던 우리 집이고 웃는 아이는 강주인데 강도의 모습은 보이지 않았다.

강도가 일인칭 시점이 된 상황인 것 같았다.

그때 대문 쪽에서 벨소리가 들렸고, 활짝 열려 있는 현관문 안쪽에서 엄마의 명랑한 목소리가 들렸다.

"강도야! 아빠 오셨나 보다! 문 열어드려라!"

"네!"

강주가 발딱 일어나서 대문으로 달렸다.

시야가 마구 흔들리는 걸 보니까 강도도 같이 달리고 있는 모양이다.

덜컹!

대문이 열리고 양복을 입은 너무도 그리운 중년 남자의 환하게 웃는 모습이 보였다.

"핫핫핫! 아빠 왔다! 우리 아들! 우리 딸!"

아빠는 양팔로 강도와 강주를 덥석 안았다.

강주가 아빠에게 매달리다시피 하며 애교를 떨었다.

"아빠! 내가 말한 거 구했어?"

까끌까끌한 수염이 난 아빠는 주머니에서 표 2장을 꺼내서 흔들며 빙그레 웃었다.

"제스제스 표 말이냐? 여기 있지?"

"제스제스가 아니고 젝스키스란 말이야! 어디 봐봐!"

강주가 표를 빼앗아 확인하고는 아빠 목에 매달리며 환호성을 터뜨렸다.

"꺄악! 고마워, 아빠. 최고야!"

강도는 해머로 뒤통수를 맞은 것처럼 머리가 멍해졌다.

'이건······.'

강도는 그날을 똑똑하게 기억하고 있다.

며칠 전부터 강주가 아빠에게 남자 6인조 그룹 젝스키스의 콘서트 티켓을 구해달라면서 졸랐었고, 아빠는 바쁜 일정 중에도 짬을 내서 강주와 강주 절친 것으로 티켓 2장을 구해왔었다.

강도는 입속으로 되뇌었다.

'아빠, 사랑해!'

강주는 아빠 뺨에 마구 뽀뽀를 하며 외쳤다.

"아빠, 사랑해!"

'이건······.'

강도는 아빠 얼굴을 쳐다보았다.

"하하하! 아빠도 강주 사랑해요."

아빠는 강주를 안고 빙빙 돌면서 껄껄 웃었다.

10년 전 그날과 한 치도 다르지 않고 똑같았다.

이제 엄마가 나와서 강주에게서 티켓을 뺏을 것이다.

그러고는 이번 기말고사에서 성적을 올리겠다는 다짐을 받아내고는 강주에게 티켓을 돌려준다.

이날 저녁 강도네 가족 4명이 둘러앉아서 오순도순 먹었던 저녁 식사가 마지막이었다.

다음 날 아침, 아빠는 출근길에 고통사고를 당하여 현장에서 즉사하셨다.

강도는 양팔에 아들과 딸을 안고 현관으로 향하는 아빠의 환한 얼굴을 바라보았다.

"아빠……."

지금 강도가 있는 곳은 서해 바다가 아니라 10년 전에 가족이 행복하게 살았던 서울 상도동 이층집이다.

그에겐 과거를 거슬러 오르는 능력이 있기 때문에 지금 그의 앞에 벌어지고 있는 이 상황은 그저 막연한 꿈이나 과거 회상이 아니다.

강도가 마음만 먹으면 충분히 이룰 수 있는 일이다.

그의 능력으로 10년 전 아버지가 교통사고를 당하기 전날로 돌아가는 것쯤은 식은 죽 먹기다.

아버지가 살아 계시다면…….

엄마는 하늘이 무너진 것처럼 그토록 처절하게 울다가 기절하지 않아도 된다.

그리고 강도와 강주는 그토록 서러운 고생을 겪지 않아도 좋을 것이다.

이 시대에서 삼신이 싸우든 현 세계가 멸망을 하든 강도가
알 바 아니다.

아버지가 돌아가시지 않고 엄마가 그토록 슬퍼하지 않을
수만 있다면 어떤 대가라도 치르고 싶다.

지금 강도가 할 일이란 지금 눈앞에 벌어진 일을 거스르지
않고 그냥 받아들이는 것이다.

아무렇지도 않게 가족끼리 저녁 식사를 하고 내일 아침에
는 무슨 일이 있어도 아버지의 출근을 막으면 된다.

그렇게 간단한 것 하나로 강도네 가족의 운명이 바뀐다.

강도의 얼굴이 점점 더 일그러졌다.

땀이 뻘뻘 흘렀으며 악다문 어금니 사이로 신음 소리가 새
어 나왔다.

그렇지만 그렇게 하더라도 그 행복은 10년밖에 가지 않을
것이다.

10년 후에는 마계와 요계가 현 세계를 짓밟아 모든 인간을
죽일지도 모른다.

아니, 그렇게 될 것이다.

그러면 아빠와 엄마, 강주를 한꺼번에 잃을 수도 있다.

그리고 사랑하는 아내 유빈은 아예 만나지도 못할 것이다.

강도가 운명을 거스르고 아버지의 죽음을 막음으로써 제대

로 굴러가고 있는 역사의 질서 전체가 일그러져 버릴 것이다.

"강도야, 너 어디 아프니?"

팔로 강도의 어깨를 감싼 아빠가 그를 쳐다보면서 의아한 표정을 지었다.

강도의 얼굴이 참담하게 일그러졌고 어깨를 들먹였다.

"강도야."

아빠의 목소리가 걱정으로 가득 찼다.

탁!

강도는 아빠의 팔을 거칠게 뿌리치며 소리쳤다.

"꺼져라!"

순간 아빠와 강주와 10년 전에 가족이 함께 살았던 상도동 이층집이 씻은 듯이 사라졌다.

강도는 여전히 캄캄한 서해 바다 밤하늘에 떠 있다.

그런데 강도 앞에 한 사람이 그를 바라보면서 우뚝 서 있다.

놀랍게도 여자다.

서울 강남 청담동이나 압구정동의 번화한 거리를 걷고 있다가 불쑥 나타난 것 같은 화려한 옷차림과 용모의 20대 중반의 아름답기 그지없는 젊은 여자다.

그렇지만 강도는 그녀가 누군지 한눈에 알아보았다.

"뭄바."

강도가 아니라 디오가 그녀를, 아니, 뭄바를 알아보았다.

여자는 상큼한 미소를 지었다.

"오랜만이야, 디오."

이제 생각이 났다.

신에게도 성별이 있고 뭄바는 여자였다.

한때는 남자인 디오와 이슈텐이 뭄바를 차지하기 위해서 격렬한 전쟁을 벌이기도 했었다.

샘물처럼 새록새록 다 생각이 났다.

하지만 저 모습이 뭄바의 본 모습은 아니다.

지금 이 시대에 디오가 강도의 모습으로 살아가고 있는 것처럼, 뭄바도 청담동의 어느 여자의 모습으로 살아가고 있는 것뿐이다.

아니면 여기에 자신의 모습을 드러내기 위해서 저 여자의 모습을 잠시 빌렸을지도 모른다.

뭄바를 보기 전에는 아무것도 몰랐던 강도지만, 그녀를 보는 순간 바싹 마른 모래에 물을 끼얹은 것처럼 그녀에 관한 모든 것들이 한꺼번에 되살아났다.

한때 뭄바는 디오의 연인이었다.

강도의 머릿속에서 오랫동안 굳게 봉인(封印)됐던 기억들이 와르르 되살아났다.

그런데 그때 이상한 일이 일어났다.

강도로선 한 번도 들어본 적도 배운 적도 없는 언어가 그의 입에서 흘러나왔다.

"그동안 어디에 있었지?"

생전 처음 듣는 이상한 언어인데도 강도는 그 뜻을 알 수
있었다.

"집에 갔었어."

강도는 움찔했다.

"집? 설마……."

뭄바는 배시시 아름답게 미소 지었다.

"지구에서 우리 집이 어디겠어?"

강도는 움찔했다.

"그걸 찾은 거냐?"

뭄바의 미소가 더 짙어졌다.

"내가 찾아냈어."

"어디에 있지?"

강도는 급히 물었다.

뭄바는 강도를 향해 천천히 걸어왔다.

"내가 그걸 디오에게 가르쳐 줘야 하는 이유를 말해봐."

강도는 냉정한 눈빛으로 뭄바를 응시했다.

"거래를 하자는 건가?"

한때 사랑했지만 그녀는 사랑보다는 이득을 선택했다.

뭄바는 강도의 5m쯤 앞에 멈추었다.

"그게 아니야. 합작을 하자는 거야."

"그럼 그게 어디에 있는지 말해."

"디오."

뭄바는 한 걸음 더 다가섰다.

그러더니 강도가 손만 뻗으면 닿을 수 있는 거리에서 멈추었다.

그녀는 지금까지의 미소를 얼굴에서 지우고 차분한 표정으로 말했다.

"지금도 날 죽이고 싶어?"

강도는 씁쓸한 기분이 들었다.

조금 전까지만 해도 그는 뭄바를 한 번도 본 적이 없었지만 지금은 그녀에 대한 모든 것을 다 알고 있다.

"네가 한 짓을 생각해 봐."

얼마 전에 뭄바는 이슈텐과 힘을 합쳐 디오를 합공했었다.

그 싸움으로 디오는 쉽게 회복하지 못할 대미지를 입었지만 뭄바와 이슈텐도 무사하지 못했었다.

조금 전에 강도가 빠져들었던 10년 전 상도동 옛집에 대한 것은 뭄바가 만들어낸 환상이었다.

만약 강도가 그 환상에서 깨어나지 않는다면 디오는 골치 아파졌을 것이다.

이슈텐과 합작으로 디오를 공격했었고 조금 전에는 얼토당

토않은 환상까지 만든 뭄바가 제 발로 나타나서 멜랑꼴리한 감정을 잡고 있다.

강도는 혹시 함정이 아닐까 주위를 경계했다.

그렇지만 근처에는 이슈텐은 물론이고 뭄바의 능력인 에찌, 그리고 민덴허토샤크도 보이지 않았다.

이슈텐이 없다면 함정이 아닌 건 분명하다.

그리고 뭄바가 나타났는데 일루미나티라고 깝죽거리는 에찌와 민덴허토샤크가 얼쩡거릴 리 만무하다.

슥─

뭄바가 더 가깝게 다가와서 강도의 손을 잡았다.

"어디 조용한 곳에서 얘기 좀 할까?"

그녀는 강도를 말끄러미 바라보았다.

"강도 씨라고 부를까?"

"……."

강도는 조금 '어?' 하는 표정을 지었다가 시니컬한 미소를 지었다.

"너는 뭐라고 부르지?"

"송자현이야."

삼신끼리는 상대의 생각을 읽지 못한다.

뭄바 송자현은 강도의 오른손을 잡고 가볍게 어루만지면서 배시시 웃었다.

"255년째 송자현으로 살고 있어. 집은 청담동이야. 당신은?"

강도는 자신의 입에서 어떤 대답이 나올지 바싹 긴장했다.

지금 그의 입에서 나올 대답은 강도가 아닌 디오의 말이다.

"19년째 이강도로 살고 있지."

강도는 심장이 덜컥 내려앉는 것을 느꼈다.

19년이면 강도가 5살 때 디오를 만났다는 얘기다.

도대체 어떻게 된 것일까.

송자현이 핑크색 립스틱을 바른 입술을 나풀거렸다.

"조선 영조 때 권세 가문에 태어나서 지금까지 255년이나 살았지만 나는 송자현이 마음에 들어."

늘씬하고 키가 큰 송자현은 키가 한 뼘 정도 큰 강도를 조금 올려다보며 생긋 미소 지었다.

"당신은 어째서 19년밖에 안 된 거지?"

"그게 중요한가?"

"그냥 궁금해서."

강도는 나오는 대로 대꾸했다.

"좋은 여자를 만났다."

송자현은 깜짝 놀라는 표정을 지었다.

"인간을 말하는 거야?"

강도는 자신의 뜻하고는 전혀 상관없이 눈살을 찌푸렸다.

"그래."

강도는 불현듯 기억이 났다.

디오는 강도 이전에 어떤 건장한 남자로 150여 년 동안 살아왔었다.

그랬는데 지금부터 28년 전에 디오의 마음을 송두리째 사로잡은 인간 여자를 만나게 되었다.

디오는 신이면서도 인간으로 살아오면서 인간으로서의 희로애락 삶을 즐겼다.

거부할 수 없으면 즐긴다는 것이 그의 생각이다.

그는 많은 인간 여자를 만나서 사랑을 하고 헤어졌으며, 28년 전에도 마음에 쏙 드는 인간 여자를 만나 사랑에 빠져 잠시 정착을 했었다.

그러고는 3년 만에 여자가 임신을 하여 건강한 남자 아기를 낳았다.

이후 디오는 여자와 5년을 더 살다가 어느 날 갑자기 5살짜리 아들을 데리고 여자에겐 온다 간다 아무런 말도 없이 홀연히 사라져 버렸다.

자신이 158년 동안 살아온 박형식이라는 남자보다 훨씬 더 건강하고 완전체인 인간을 발견했기 때문이다.

그 완전체 인간이 바로 자신이 낳은 아들이었다.

그래서 디오는 그 아들을 강도가 부모라고 믿고 있는 가정에 입양시켰다.

    말이 좋아서 입양이지 그 집 부모의 정신을 제압하여 강도를 그들의 아들인 것처럼 세뇌시킨 것이다.

    마침 그 집에는 5살짜리 딸이 있었으며 강도는 자연스럽게 그 딸과 쌍둥이 남매가 되었다.

    강도가 조용한 목소리로 말했다.

    "나는 이강도가 마음에 들었다."

    "그래?"

    "내 아들이야."

    158년 동안 살았던 몸을 자연사시키고 자신이 낳은 아들 강도가 5살 때 그 몸으로 들어갔으니까 디오는 강도로 19년을 살아온 셈이다.

제34장
고향별 헤이든

송자현이 손을 뻗어 강도의 뺨을 쓰다듬었다.

"당신은 너무도 자유분방해. 나는 인간 남자하고 사랑은 하더라도 자식은 낳지 않았어."

강도는 피식 웃었다.

"겁이 났나?"

송자현은 쓸쓸한 미소를 지었다.

"그래. 내가 낳은 자식을 사랑하게 될까 봐. 당신처럼. 그러면 족쇄가 되는 거야."

그녀는 절대로 당신 같은 우를 범하지는 않겠다는 듯한 묘

한 미소를 지었다.

　그러나 디오, 아니, 강도의 생각은 달랐다.

　빠져나오지 못하는 상황에 처하게 되면 그 상황을 즐기는 편이 좋다는 생각이다.

　"지겹지 않아?"

　송자현의 말이 비수처럼 강도의 심장을 찔렀다.

　이제 그녀의 손은 강도의 어깨에서 가슴으로 흘러내려 쓰다듬고 있다.

　그런데도 강도는 가만히 있었다. 어쩌려는 것인지 지켜보자는 생각이다.

　"당신, 설마 인간으로 사는 것을 좋아하는 건 아니겠지?"

　강도는 송자현을 슬쩍 밀어냈다.

　"그거에 대해서 말해봐라."

　"그거라니? 집?"

　강도는 슬쩍 손을 저었다.

　"뭐라고 부르든 상관없는 그거 말이야."

　강도는 송자현을 똑바로 주시했다.

　"어디에 있지?"

　"얘기 좀 해."

　송자현은 아직도 강도가 자신을 사랑하고 있는 것으로 믿고 있는 듯했다.

스우우……..

그때 눈부신 금빛 한 줄기가 밤하늘에서 내리꽂혀 강도에게 스며들었다.

포르차가 돌아왔다.

에찌와 민덴허토샤크를 어떻게 했는지 강도가 궁금하게 여기자 포르차는 놓쳤다고 대답해 주었다.

그러나 송자현에겐 에찌가 돌아오지 않았다.

강도와 송자현은 서울 청담동 번화한 거리의 어느 카페에 마주 보고 앉았다.

이즈음 강도는 자신이 디오라는 사실을 완전하게 인식하고 있었다.

또한 강도는 송자현에게 에찌가 돌아오지 않았다는 사실에 주목했다.

그것은 자신의 능력과 영인 에찌와 말라이카가 배신을 했거나 그와 비슷한 일을 저질렀다는 사실을 송자현이 알고 있다는 뜻이다.

그렇다고 해서 강도가 무조건 유리하다는 것은 아니다.

지금은 오히려 송자현이 더 유리하다.

그녀는 '그것'의 위치를 알고 있기 때문이다.

만약 그녀의 말이 사실이라면 강도는 오랜만에 새로운 시도를 계획할 수도 있다.

"뭘 원하느냐?"

강도는 송자현이 단도직입적으로 대답해 주기를 바라면서 물었다.

그러나 송자현은 강도의 뜻에 따라주지 않았다.

그녀는 커피를 한 모금 마시고는 강도를 말끄러미 응시하며 되물었다.

"아직 날 사랑해?"

강도는 슬쩍 인상을 썼다.

"장난하는 거냐?"

아까 서해 바다에서 나눈 이상한 언어가 아닌 한국어로 말하니까 강도의 말버릇이 그냥 튀어나왔다.

예전 마지막 싸움을 벌이기 전에 송자현은 강도를 사랑한다면서 한동안 그와 함께 지냈었다.

그러면서도 그녀는 몰래 이슈텐과 연합하여 강도의 뒤통수를 쳤던 것이다.

그때는 디오가 강도가 아닌 또 다른 인간이었을 때다.

송자현이 테이블 위로 손을 뻗었다.

그녀는 강도가 손을 내밀어주기를 눈빛으로 원하다가 뜻을 이루지 못하자 아쉬운 듯 자신의 손을 만지작거렸다.

"한 가지 분명한 것은 그때도 지금도 내가 당신을 사랑하고 있다는 사실이야."

강도는 묵묵히 듣기만 했다.

사랑 같은 건 필요 없다.

그에겐 유빈이 있다.

강도는 쓴웃음을 지었다.

"계속 쓸데없는 소리 하면 가겠다."

송자현은 말없이 커피 잔을 만지작거렸다.

"이번에도 본론을 꺼내지 않으면 일어서겠다."

강도가 일어서려고 하자 송자현이 급히 말했다.

"집을 찾았다는 건 사실이야."

강도는 송자현이 왜 그걸 '집'이라고 표현하는지 못마땅했지만 가만히 듣기만 했다.

"그런데 너무 오래 방치된 탓에 많이 낡았어. 당신이 집을 고쳤으면 좋겠어."

강도가 힘으로 송자현을 제압할 수는 있지만 어떤 방법으로든 그녀의 입을 열게 하지는 못할 것이다.

그녀는 차라리 스스로 소멸을 선택할지언정 강제로는 절대로 뜻을 굽히지 않는다.

강도는 지난 오랜 세월에 걸쳐서 그런 쓰디쓴 경험을 여러 번 했었다.

송자현이 정말로 그것을 찾아냈다면 꿈에 그리던 고향으로 돌아갈 수가 있다.

신들의 고향으로 말이다.

그것이 낡았다는 것은 고장 났다는 뜻이다.

그런 것쯤은 강도 손으로 어렵지 않게 수리할 수 있을 것이다. 그걸 만드는 일에 참여했던 강도다.

"처음부터 다시 묻겠다. 무얼 원하지?"

"나하고 같이 가."

같이 고향에 가자는 얘기일 거다.

송자현은 그 말을 들으면 강도가 기뻐할 것이라고 짐작했는데 오산이었다.

강도는 막상 고향에 갈 수 있다고 생각하니까 머릿속이 복잡해졌다.

"당신……."

그녀는 불신의 표정을 지었다.

"설마 고향에 가고 싶지 않은 거야?"

강도는 대답하지 않았다.

송자현은 강도가 대답하지 않는 게 고향에 가고 싶지 않기 때문이라고 판단했다.

그녀는 예나 지금이나 단순하고 성급한 성격이다.

"맙소사……."

강도는 송자현이 쓸데없는 상상을 하는 게 싫었다.

"모크샤(Moksa)는 어디에 있나?"

송자현이 '집'이라고 말하는 것의 원래 이름은 '모크샤'다.

정말 오랜만에 그 이름을 입에 올려본다.

그녀는 예전부터 모크샤보다는 집이라고 부르는 걸 좋아했었다.

모크샤에서 오랫동안 지냈기 때문이기도 하고 집처럼 편안해서일 것이다.

"고향에 가고 싶지 않다면 가르쳐 주지 않겠어."

강도의 눈썹이 꿈틀 꺾이는 걸 보고 송자현이 싸늘한 표정으로 말했다.

"나는 고향으로 돌아가고 싶어. 당신이 가지 않겠다면 이슈텐에게 가겠어. 그러면 내 제안을 흔쾌히 받아들이겠지."

강도가 아는 한 이슈텐은 고향에 가고 싶어 할 것이다.

그러므로 송자현이 모크샤를 찾아냈으니까 함께 고향으로 돌아가자고 하면 마다할 이슈텐이 아니다.

그렇게 송자현과 이슈텐이 고향으로 떠나고 나면 강도는 영원히 혼자 남게 될 것이다.

더 이상 삼신 같은 것은 없고 싸움도 없이 고독한 평화와 자유를 맛보게 되리라.

이 대목에서 강도는 잠시 갈등했다.

사실 그는 너무 오랜 세월 동안 떠나 있었던 고향에 대한 기억이 희미했다.

반면에 오랜 세월 동안 살아온 이곳이 그에게는 고향이나 다름이 없다.

그때 송자현이 냉랭한 목소리로 일깨워 주었다.

"당신 우리 임무를 잊었어?"

"……."

강도는 움찔했다.

'임무…….'

그에겐 그리고 송자현과 이슈텐은 하나의 임무를 띠고 고향을 떠나왔었다.

너무 오랜 세월 동안 인간들과 섞여서 생활을 해오다 보니까 그걸 망각하고 있었다.

아니, 아예 잊어버리지는 않았었다.

처음에는 한시도 잊은 적이 없었는데 세월이 흐르면서 드문드문 생각나다가 이젠 아주 가끔 막연하게 생각이 나는 정도가 됐다.

그렇게 된 가장 큰 이유는 모크샤를 찾지 못했기 때문이었을 것이다.

고향으로 돌아갈 방법이 없으니까 자연히 임무도 망각해 버린 것이다.

'빌어먹을… 임무가 있었지.'

송자현은 강도의 표정이 변하는 것을 발견했다.

"지금까지는 고향에 돌아갈 방법이 없었기 때문에, 여기 지구에서 영원히 살아야만 할 것 같아서 우리끼리 치열하게 싸웠던 거야."

강도는 팔짱을 꼈다.

송자현이 설득했다.

"이젠 그럴 필요가 없어. 차그라 같은 건 지구에 내버려 두고 우리끼리 고향에 돌아가는 거야."

이슈텐은 지구에서 퓔드빌라그 사람들에 의해서 붙여진 이름이고 고향에서는 '차그라'라는 이름을 갖고 있었다.

강도는 카르만이고 송자현은 파라마누였다.

지금은 다 퇴색해 버린 이름이다.

들으면 남의 이름처럼 어색하다.

강도는 굳은 얼굴로 중얼거렸다.

"우리가 지구에서 지낸 지 얼마나 됐는지 아나?"

송자현은 고개를 갸웃거렸다.

"47만 년쯤 됐지?"

강도는 실소를 흘렸다.

"너는 여전히 셈이 약하구나."

"내가 틀린 거야?"

"470만 년이야. 0을 하나 뺐어."

"470만 년······."

송자현은 크게 충격받은 표정이 됐다.

강도는 쓸쓸하게 중얼거렸다.

"헤이든의 시간은 얼마나 흘렀을까?"

"······."

송자현은 눈을 동그랗게 뜨고 강도를 바라보았다.

지구에서의 이들 셋은 신(神)으로 영원히 살기 때문에 천 년이 흐르든지 만 년이 흐르든지 전혀 신경을 쓰지 않았었다.

그런데 자그마치 470만 년이나 흘렀다는 것이다.

헤이든에서 지구까지 오는데 헤이든력(曆)으로 5년이 걸렸는데 지구력으로 계산하면 5만 년이었다.

그동안 470만 년이 흘렀다면 헤이든력으로는 470년이고, 지구와 헤이든까지를 왕복한 시간 10년을 더하면 도합 480년이다.

헤이든 사람 즉, 헤이든 종족의 수명은 헤이든에서 살 경우 150년으로 정해져 있다.

헤이든에서의 150년이면 지구에서는 150만 년이다.

강도나 송자현이 헤이든에 있었다면 헤이든력으로 이미 320년 전에 죽었어야 한다.

그런데 지구에서 470만 년이나 살고 있는 데에는 그럴 만한 이유가 있다.

헤이든의 하루는 지구의 일 년만큼이나 길다.

게다가 지구의 자연적인 환경이나 화학적인 요소들이 헤이든인들에게 영원불사의 삶을 준다.

송자현이 먹먹한 얼굴로 아무 말도 못 하자 강도가 씁쓸하게 중얼거렸다.

"우리가 알고 있는 사람들은 다 죽었을 거야."

송자현은 가늘게 몸을 떨었다.

"그래서 여기에 있겠다는 거야?"

강도는 대답을 하지 않았다.

송자현이 발딱 일어섰다.

"후회하게 될 거야."

아마 그녀는 이슈텐에게 갈 것이다.

그녀는 이슈텐과 합작을 해서 강도를 공격한 적이 있지만 그를 사랑하진 않는다.

강도를 스쳐 지나가는 송자현의 얼굴이 차디차게 굳었다.

척!

강도는 그녀의 팔을 잡았다.

굳었던 그녀의 얼굴이 펴졌지만 차갑게 말했다.

"뭐지?"

"얘기 좀 하자."

강도는 송자현이 원하는 것 중에 첫 번째를 해주었다.

그녀가 원하는 것은 두 가지이며 첫 번째가 사랑이다.

그리고 두 번째는 물론 강도와 함께 고향 헤이든으로 돌아가는 것이다.

두 사람은 아까 커피를 마셨던 청담동 카페 골목에서 가까운 호텔의 객실 침대에 나란히 누워 있다.

이들은 방금 전에 한바탕 뜨거운 섹스를 끝냈다.

강도로선 송자현과 섹스를 하는 것이 생소한 것이 아니다.

원래 헤이든인은 육체적인 섹스를 하지 않았다.

원시적에는 섹스를 즐겼다고 하지만 과학이 고도로 발달되면서 섹스를 하지 않게 되었다.

자손은 부모의 유전자를 조합해서 시험관에서 태어난다.

그렇지만 지구에 온 이후 강도와 송자현은 자신들이 창조한 인간들이 섹스를 하는 것을 보고 자연스럽게 그것을 따라하게 되었다.

강도와 송자현, 아니, 지구에 대빙하기가 닥치기 전이었으니까 그들은 카르만과 파라마누였었다.

그들은 최초의 싸움을 하기 전에는 마치 연인이나 부부처럼 지냈었다.

그러다가 헤어지고 다시 만나기를 반복했으며, 헤어지면 적으로 만나면 부부처럼 살았었다.

그러니까 카르만과 파라마누가 섹스를 한 회수는 수십만 번이 넘을 것이다.

이것은 강도가 유빈에게 지조를 지켜야 하는 것과는 다른 차원의 얘기다.

두 사람은 침대에 나란히 누워서 활짝 열어젖힌 대형 창문을 통해서 네온사인이 반짝거리는 거리를 바라보았다.

송자현은 땀이 흠뻑 젖어서 얼굴에 달라붙은 것을 그대로 놔둔 채 강도의 어깨를 베고 누워서 손가락으로 그의 유두를 만지작거렸다.

"당신은 언제나 굉장해. 죽는 줄 알았어."

강도는 송자현을 사랑해서 섹스를 한 것이 아니다.

아니, 그와 그녀는 단순하게 사랑 같은 것으로 설명할 수 있는 관계가 아니다.

같은 종족이면서 동료이고, 연인이면서도 부부 같고, 그러면서도 원수처럼 가증스러운 적이기도 한 존재였다.

송자현이 코 먹은 소리를 냈다.

"이제 우리 다시 부부가 된 거야?"

창밖을 물끄러미 응시하던 강도는 고개를 돌려 힐끗 그녀를 쳐다보았다.

송자현은 사랑이 듬뿍 담긴 눈빛으로 미소를 지으며 강도를 바라보았다.

강도는 이럴 때면 단순 명료하고 알기 쉬운 그녀의 성격이 부럽기까지 하다.

"헤헤… 나는 당신을 사랑하지 않았던 적이 한 번도 없었어."

그녀는 손을 아래로 내려서 그의 것을 쓰다듬으며 아이 같은 웃음소리를 냈다.

강도는 덤덤하게 물었다.

"그동안 어디에 있었지?"

송자현은 또다시 흥분을 느끼는지 뜨거운 숨결을 색색 토하면서 몸을 꿈틀거렸다.

"흐응… 궁금해?"

송자현은 강도가 지난 수십만 년 동안 봐왔던 수많은 미인들 중에서도 단연 첫 손가락에 꼽힐 정도로 아름다웠다.

그녀는 송자현의 모습을 하고 있지만 믿을 수 없게도 동양과 서양, 그리고 남방계까지 미인들의 아름다움을 두루 겸비했다.

"페르다우 카스리에서 지냈어."

요계의 외방계가 페르다우이고 카스리는 그들이 모시는 신 뭄바의 성전이다.

그녀는 요계의 신이니까 성전 카스리에서 지냈다는 것이다.

송자현이 강도 앞에 다시 나타났다는 것은 예전 싸움에서 입은 대미지가 다 완치됐다는 의미다.

아까 카페에서 강도는 이런 식으로 송자현하고 화해를 하는 것도 나쁘지 않다고 생각했다.

그가 조금 굽혀주는 것으로 요계하고는 더 이상 싸우지 않아도 되기 때문이다.

그가 송자현하고 함께 헤이든으로 떠날 것인지 말 것인지는 나중에 고민할 문제다.

지금은 전쟁이 일어나지 않도록 하는 게 급선무다.

그리고 고향으로 돌아갈 수 있는 수단 모크샤를 확보하는 것도 중요하다.

송자현이 꿈틀거리면서 강도의 몸 위로 기어 올라왔다.

"으응… 나 또 하고 싶어졌어."

그녀는 헤이든인이면서도 지구의 인간의 습성이 깊이 물들어 있다.

송자현은 자신과 강도가 같은 편이 됐다고 굳게 믿었다.

아마 단순한 그녀는 강도가 그녀를 크게 실망시키거나 잘못을 하지 않는 한 배신하지 않을 것이다.

예전에 그녀가 이슈텐에게 갔었던 이유는 강도가 그녀를 사랑하지 않는다고 말했기 때문이다.

단지 사랑하지 않는다는 것뿐인데 그녀는 불같이 화를 내며 돌아서 버렸었다.

그리고 두 번에 걸쳐서 지구에 대빙하기를 일으켜서 이슈텐과 함께 각각 수십만 인간들을 이끌고 지저 세계와 외방계로 가버렸던 것이다.

하지만 송자현이 이슈텐하고 합작을 했다고 해서 그와 연인이 됐다는 뜻은 아니다.

그녀는 이슈텐을 좋아하지 않을 뿐만 아니라 오히려 그를 증오하는 편이다.

다만 그녀가 강도에게 마음의 상처를 받았을 때 이슈텐을 이용했을 뿐이다.

"내일 우리 같이 집을 보러 가."

호텔을 나서자 송자현은 강도의 팔짱을 끼면서 종알거렸다.

강도와 연속 세 번이나 뜨겁게 사랑을 나눈 그녀는 세상을 다 가진 것처럼 행복한 얼굴이다.

그리고 강도는 차츰 송자현이 마음에 들기 시작했다.

그건 이상한 일이 아니다. 예전에도 두 사람은 셀 수도 없이 싸웠고 그러다가 풀어져서 화해하기를 반복했었다.

"이 동네 마음에 들어. 이 근처에 대충 아파트 하나를 샀는데 이제 당신이 있으니까 더 크고 좋은 집을 사야겠어."

강도는 대한민국에서 가장 번화하고 집값 비싸기로 유명한 청담동 번화가를 둘러보며 고개를 끄떡였다.

"그래. 내가 사주지."

그가 빙그레 미소까지 짓는 걸 보고 송자현은 행복에 겨워서 그의 팔을 가슴에 안으며 팔짝팔짝 뛰었다.

"여보, 나 행복해서 죽을 것만 같아."

거리에는 행인들이 파도처럼 많은데 그들은 송자현을 한 번 보면 그녀에게서 시선을 떼지 못했다.

그녀는 외방계 페르다우에서 나오자마자 대한민국에 왔다가 청담동이 마음에 들어서 이곳에 집을 구했었다.

그녀가 이슈텐과 합작해서 디오하고 마지막으로 싸웠던 것이 현 세계 시간으로 수백 년 전이었고 그때는 조선 시대 중엽이었다.

송자현은 사람들의 시선을 즐기는 듯 도도하게 걸으면서 강도 어깨에 뺨을 기댔다.

"당신하고 같이 있을 수만 있다면 고향이든 지구든 어디에서 살아도 상관없을 것 같아."

사람들이 걸음을 멈추고 강도와 송자현을 대놓고 구경하면서 휴대폰으로 사진을 찍고 촬영을 하느라 법석이다.

"그래도 고향에는 한 번쯤 가보고 싶어."

강도는 아까 서해 바다에서 송자현을 만났을 때하고는 달리 많이 풀어진 목소리로 말했다.

"고향으로 가든 여기에 남든 이슈텐을 제거하는 게 우선이야. 그놈을 놔두곤 아무것도 할 수 없어."

"여보, 이슈텐하고 싸울 준비는 다 됐어?"

"거의 다 됐어."

"나도 도울까?"

강도는 송자현의 머리를 쓰다듬었다.

"너는 와다무들이 설치지 못하도록 단속해."

"그런 건 걱정하지 마. 모두들 당장 페르다우로 돌아가라고 명령하겠어."

송자현은 사람들이 아예 둥글게 원을 형성하고 사진을 찍어대는 것은 아랑곳하지 않고 걸음을 멈추더니 강도하고 마주 보고 섰다.

"당신 사는 곳이 어디야? 가보고 싶어."

"내 집?"

송자현은 아름다운 눈을 반짝이면서 고개를 끄떡였다.

"당신 가족과 부하들이 있는 곳 말이야."

강도는 유빈과 가족이 있는 부천으로 송자현을 데려갈 수는 없다고 생각했다.

그때 강도는 아주 미묘한 느낌을 받았다.

자신은 절대로 송자현을 부천 집으로 데려갈 수 없다고 생각하는데 다른 마음 한구석에서는 그래도 된다는 생각이 싹트고 있었다.

유빈이 있는 집에 송자현을 데리고 가다니, 그건 절대로 있을 수 없는 일이다.

그런데도 송자현을 부천 집에 데리고 갈 수 있다는 생각을 조금이나마 하고 있다는 것이 이해가 되지 않았다.

아니, 이해되지 않는 것은 그것만이 아니다.

송자현과 섹스를 했다는 것만 해도 그렇다.

유빈이 현 세계에 왔다는 사실을 안 이후 강도는 다른 여자와 섹스를 한 적이 없었다.

유빈이 오기 전에 관계를 맺었던 ma4 연수하고 미지는 카펨부아의 수낵에 중독됐기 때문에 그녀들을 살리려면 섹스를 할 수밖에 없었다.

그렇지만 송자현하고는 그저 그녀가 원한다는 이유만으로 섹스를 했다.

그건 강도로서는 해서도 안 되고 있을 수도 없는 일이다.

'미친……'

강도 속에서 진정한 강도가 진저리를 쳤다.

송자현에게 청담동에 집을 사주다니, 강도는 그런 턱도 없는 생각은 추호도 하지 않았다.

그렇다면 이건 뭔가.

강도는 그럴 생각이 추호도 없으면서 송자현에게 집을 사주겠다고 태연하게 말한 것은 뭐라는 말인가?

언제부터였을까.

강도는 자신이 둘로 분리되는 것 같은 느낌이 들었다.

하나는 송자현을 좋아하고 그녀를 받아들이고 있는 이해할 수 없는 자신이다.

그리고 또 하나는 유빈을 배신할 수 없으며 송자현을 받아들이지 못하는 또 다른 자신이다.

쉽게 말하면 송자현의 강도와 유빈의 강도 둘이다.

그렇지만 둘 다 강도인 것은 분명하다.

우려하던 일이 일어났다.

강도가 송자현을 데리고 한남동 저택에 간 것이다.

공간 이동을 하여 한남동 저택 정원에 내려서는 순간 강도는 한 가지 사실을 깨달았다.

'이것은 디오의 뜻이다. 아니, 카르만의 뜻이다.'

송자현, 고향 헤이든의 연인 파라마누를 만난 디오는 카르만이었을 때의 마음을 회복하고 있는 중이다.

그래서 그는 뭄바이면서 송자현이고 또 파라마누인 그녀에게 깊이 빠져들고 있다.

어쩌면 그것은 헤이든인들만이 지니고 있는 사고방식인지도 모른다.

'위험하다.'

유빈의 강도는 위기감을 느꼈다.

자신 속에 또 다른 존재가 있는 것이 아니라 두 개의 자신이 존재하고 있는 것이다.

그러면서 송자현의 강도든 유빈의 강도든 둘 다 자신이라고 생생하게 느끼고 있다.

강도가 송자현을 데리고 저택으로 들어서자 단총아가 깜짝 놀라서 반겼다.

그러고는 잠시 후에 흩어져 있던 강도의 측근들이 모두 저택으로 공간 이동하여 모여들었다.

측근들은 진해에서 출항한 진해함대가 중국 칭따오에 미사일을 발사해서 벌어졌던 일련의 사건 때문에 모두 긴장한 표정이 역력했다.

그들은 진해함대 상공에서 강도가 에찌, 민뗀허토샤크와 싸우는 광경을 봤기 때문에 결과가 어떻게 됐는지 궁금했다.

물론 측근들은 강도가 누구하고 싸웠는지는 정확하게 모르고 다만 마계나 요계의 굉장한 존재일 거라고만 짐작하고 있을 뿐이다.

넓은 대회의실에는 강도와 송자현을 비롯하여 측근들이 다 모였다.

강도 뒤에는 그의 그림자를 자처하는 음브웨가 서 있고 다른 사람들은 앞에 놓인 테이블 양쪽에 길게 앉아 있다.

사람들의 시선은 자연히 송자현에게 집중되었다.

그녀가 강도와 동격으로 그 옆에 나란히 앉아 있다는 사실 말고도 그녀가 주목을 받는 이유는 많았다.

측근들이 지금 여기에 왜 모였는지 잠시 망각할 정도로 극도의 아름다움을 지니고 있으며, 그녀가 강도의 팔을 자신의 가슴에 꼭 안고 있기 때문이다.

강도는 모두를 쓸어보면서 나직하게 말문을 열었다.

"지금부터는 요계를 신경 쓰지 않아도 된다."

그의 말은 모두의 궁금증을 뛰어넘는 내용이다.

구인겸이 모두를 대표해서 물었다.

"무슨 일입니까?"

강도는 엷은 미소를 지었다.

"뭄바하고 얘기가 잘됐다."

순간 실내에 차가운 물이 끼얹어진 것처럼 조용해졌다.

모두의 얼굴에 놀라움과 긴장이 가득 떠올랐다.

"주군께서 뭄바를 만나셨나요?"

이번에는 강도의 앞 왼쪽 가장 가깝게 앉은 옥령이 눈을 동그랗게 뜨고 물었다.

"만났다."

"아……."

강도는 조용한 목소리로 엷은 미소를 지었다.

"뭄바가 요계를 모두 외방계로 데려갈 것이며 다시는 현 세계를 침범하지 않도록 하겠다고 약속했다."

"어떻게 그런……."

모두의 얼굴에 기쁨보다는 놀라움이 가득했다.

요계의 전격적인 철수만으로도 수많은 현 세계의 생명들을 구할 수 있기 때문이다.

강도는 송자현 어깨에 손을 얹었다.

"모두 인사해라. 뭄바다."

"아……."

"어……."

두세 명이 신음인지 탄성인지 모를 소리를 냈고, 모두들 귀신을 본 듯한 얼굴로 송자현을 쳐다보았다.

어느 순간 모두들 자리에서 일어나 있었다.

설마 강도가 이곳에 뭄바를 데리고 오리라고는 아무도 예상하지 못했다.

또한 뭄바가 저렇게 눈이 부시도록 젊고 아름다울 줄은 상상조차 하지 못했다.

모두 경악했지만 누구보다 놀란 사람은 얼마 전까지 요족이었던 음브웨다.

그녀는 수십만 년 동안 와다무들을 이끌어온 신 뭄바를 눈으로 보기는커녕 뭄바에 관한 그 어떤 것들도 경험한 적이 없었다.

와다무의 지도자인 대족장 쿠카이조차도 뭄바를 직접 대면한 적은 없다고 알려져 왔었다.

그런데 음브웨가 지금 뭄바의 뒷모습을 보고 있는 것이다.

송자현은 화사한 미소를 지었다.

"모두 고맙다. 디오, 아니, 강도 씨를 보필해 줘서."

모두들 일어섰지만 감히 강도와 송자현을 바라볼 수가 없어서 고개를 숙이고 몰래 힐끔거리면서 훔쳐보았다.

지구상에 삼신이 존재하는데 그중 이신(二神)이 이 자리에 강림했으니 기절할 일이다.

송자현은 현 세계에 나와 있는 요족들을 모두 외방계로 이끌고 갔다가 돌아오겠다면서 떠났다.

강도는 모든 일을 뒤로 미루고 혼자 길을 나섰다.

한 가지 일을 해결하기 위해서다.

아니, 그동안 까맣게 몰랐었으며 그래서 잘못됐던 일을 바로잡으려는 것이다.

그는 한 여자를 찾아가는 길이다.

디오가 강도를 선택하기 전에 박형식으로 살면서 만났던 여자이며 강도의 친어머니다.

디오 박형식은 자신보다 더 완벽한 인간체인 아들 강도의 몸으로 들어가기 위해서 함께 살았던 여자를 버렸다.

한영선.

강도의 친어머니 이름이다.

현재 나이 46세. 지금까지 강도를 키워준 부천 양어머니보다 한 살 어리다.

강도는 그녀의 인적 사항을 고스란히 기억하고 있다.

어제까지만 해도 자신의 친어머니가 따로 있다는 사실을 모르고 있었지만 디오가 그걸 기억해 내는 순간 모든 것을 다 알게 되었다.

지금 그는 돈암동의 어느 야트막한 언덕길을 오르고 있다.

양쪽으로는 아담하고 보기 좋은 한옥들이 길게 이어졌다.

강도는 예전에 이 길을 한영선과 함께 수없이 오르내렸었다.

아들이 아니라 그녀의 남편으로서 말이다.

이윽고 그는 어느 집 대문 앞에 멈췄다.

그의 시선이 대문 옆에 붙어 있는 문패로 이끌렸다.

문패에는 한글로 또렷하게 '박형식'이라는 세 글자가 적혀 있었다.

19년 전 5살짜리 어린 아들을 데리고 홀연히 떠났던 디오의 이름이다.

한영선은 19년이 지난 지금까지도 남편의 문패를 대문에 붙여놓고 있다.

그녀가 지금도 남편을 간절하게 기다리고 있다는 희원이 문패에 담겨 있었다.

강도는 과거 한영선의 남편이었으며 또한 아들이기도 하다.

말하자면 정신은 남편이고 몸은 아들이다.

그럴지만 강도에겐 한영선이 아내이기보다는 어머니로서의 느낌이 훨씬 강하다.

아마도 디오가 그녀를 거의 잊었기 때문일 것이다.

슬픈 현실이다.

강도가 대문 옆에 붙은 벨을 누르자 쪼로롱… 하는 맑은 새소리가 났다.

"누구세요?"

잠시 후에 여자 목소리가 들리더니 누군가 대문으로 걸어오는 작은 발소리가 났다.

강도는 가슴이 두근거렸다.

젊은 시절의 한영선 모습이 아슴아슴 기억이 났다.

그것은 박형식이 기억하고 있는 아내의 모습이다.

박형식은 한영선이 20살 때 만나서 같이 살다가 23살에 강도를 낳았고 그녀가 28살이 되던 해에 강도를 데리고 홀연히 사라졌었다.

강도는 대문 너머에서 걸어오고 있는 여인의 모습을 대문을 투시해서 이미 보았다.

긴 치마에 앙고라 스웨터를 입고 머리를 틀어 올린 우아한 귀부인의 모습이다.

그가 기억하고 있는 아내이며 어머니의 모습 그대로다.

끼이이…….

대문이 열렸다.

그리고 안쪽에서 눈부신 햇살이 비추듯 한영선의 모습이 나타났다.

그녀는 강도를 보며 엷은 미소를 지으면서 입을 열었다.

"누구신가요?"

강도는 아무 말도 하지 않고 그녀를 바라보았다.

그녀는 자신보다 머리 하나 반 정도 더 큰 강도를 올려다보았다.

그가 해를 등지고 서 있었으므로 얼굴이 잘 보이지 않자 그녀는 투명할 정도로 희고 예쁜 손을 펴서 이마에 붙여 햇빛을 가리며 그를 바라보았다.

"아……."

갑자기 그녀가 낮은 탄성을 터뜨리면서 얼굴 가득 놀라움으로 물들었다.

"당신……."

한영선은 쓰러질 것처럼 크게 비틀거리다가 대문 옆 기둥을 붙잡았다.

강도는 그녀를 부축하려고 손을 뻗으려다가 움츠렸다.

한영선의 크고 서글서글한 두 눈에서 믿을 수 없을 만큼 많은 눈물이 쏟아졌다.

"아아… 여보… 당신이신가요……."

눈물이 배꽃처럼 희디흰 뺨으로 흘러내려 뚝뚝 빗물처럼 떨어졌다.

강도는 친아버지인 박형식을 많이 닮았기에 한영선은 그가 남편이라고 착각했다.

현재의 강도는 두 가지 감정을 갖고 있지만 그가 24살이기 때문에 아들이라는 감정이 강했다.

"어머니."

"……."

그가 조용한 목소리로 말하자 한영선은 움찔 놀랐다.

그녀는 눈물이 가득 고인 눈으로 강도를 바라보았지만 눈물 때문에 그의 모습이 제대로 보이지 않았다.

그녀의 기억 속에 남아 있는 남편의 모습이 강도에게 많았기에 그가 남편인 줄만 알았었다.

한영선은 눈물을 닦고 눈을 한껏 크게 뜨고는 강도를 바라보며 더듬거렸다.

"방금… 뭐라고 그랬나요……?"

"어머니."

"아……"

한영선은 눈을 깜빡이면서 보다가 강도가 젊은 청년이라는 사실을 그제야 알아차렸다.

그러고는 그녀의 기억 속에서 5살짜리 더없이 귀엽고 앙증맞았던 아들의 모습이 새록새록 되살아났다.

"어머니라고……"

남편은 남이지만 아들은 내 배 속에 열 달 동안이나 잉태했다가 아프게 출산한 내 핏줄이다.

남편과 아들 없이 살아온 19년이라는 긴 세월 동안 그녀의 가슴을 갈가리 찢어놓은 것은 남편의 배신감이 아니라 아들에 대한 사무친 그리움이었다.

강도는 한영선에게 한 걸음 다가섰다.

"제가 어머니의 아들 준영입니다."

"아버지는……"

"아버지는 박형식이고 돌아가셨습니다."

"아……"

한영선에게 기쁨과 슬픔이 한꺼번에 찾아왔지만 기쁨이 훨씬 더 크기에 견딜 수 있다.

"아아… 네가 준영이라는 말이니?"

"네, 어머니."

"그렇구나… 네가 준영이로구나……."

모자지간인 것을 확인하기 위해서 구구한 설명 따위 필요하지 않았다.

제가 당신의 아들입니다.

그렇구나. 네가 준영이로구나.

그것으로 충분했다.

세상에 이처럼 아버지를 쏙 빼닮은 아들을 보고서도 더 이상 무슨 증거가 필요하겠는가.

한영선은 울음을 터뜨리면서 몸을 던지며 강도의 허리를 안았다.

"어흐흑! 준영아……!"

"어머니……."

강도는 한영선을 품에 안는데 눈시울이 뜨거워졌다.

두 사람은 아무 말도 하지 않고 대문 밖에서 서로를 꼭 안은 채 상봉의 감격을 만끽했다.

한영선은 강도를 집 안으로 데리고 들어갔다.

"여기 앉아라. 춥지? 여기가 아랫목이다."

한영선은 강도의 손을 잡고 이불이 깔려 있는 아랫목으로 이끌었다.

조금 전까지 한영선이 앉아서 뜨개질을 하고 있었던 듯 이

불 옆에는 털실 뭉치와 거의 완성된 듯한 스웨터에 대바늘 한 쌍이 꽂혀 있었다.

스웨터의 크기로 보아 건장한 남자의 것인 듯해서 강도는 어쩌면 이 집에 한영선 말고 다른 남자가 있을 것이라는 생각이 들었다.

20살 어린 나이에 박형식을 만나서 28살에 헤어졌으니까 여자로선 참으로 젊은 나이다.

그러니까 한영선이 다른 남자를 만나서 재혼을 했더라도 전혀 이상한 일이 아니다.

아니, 외려 그게 정상이다. 28살의 젊디젊은 여자가 어떻게 혼자서 살 수 있겠는가.

더구나 46살이면서도 아가씨처럼 아름다운 미모를 지닌 이 여인이 말이다.

대문에 '박형식'이라는 문패를 붙여놨지만 그건 별 의미가 없을지도 모른다.

강도는 천천히 실내를 둘러보았다.

윗목에 TV가 있으며 한쪽은 창문이고 반대편에는 장롱이 차지하고 있는데 다른 사람의 흔적 같은 것은 없다.

그러다가 문득 TV 옆의 작은 탁자로 시선이 향했다.

거기에 사진틀이 있는데 사진 속에는 젊은 부부가 환한 미소를 짓고 있으며 여자가 어린아이를 안고 있다.

강도는 사진 속의 사람이 박형식과 한영선, 그리고 어린 시절의 강도 자신이라는 것을 한눈에 알아보았다.

지금의 강도 모습은 박형식을 70% 가까이 닮아 있었다.

강도가 사진을 바라보고 있는 걸 본 한영선은 얼른 일어나 사진을 갖고 왔다.

그녀는 대문 밖에서 울기 시작한 이후 아직까지도 눈물을 그치지 못하고 있다.

"애가 준영이 너란다."

한영선은 사진 속의 귀여운 서너 살짜리 아이를 가리키면서 눈물을 흘리며 미소 지었다.

"그리고 이분이 네 아버지, 그리고 이건 나야."

색 바랜 작은 사진이지만 사진 속의 26살 한영선은 정말 빼어나게 아름다웠다.

강도는 비로소 한영선이 혼자 살고 있다는 사실을 깨달았다.

능력을 사용하면 그녀의 생각을 읽는다든지 그녀에 대해서 시시콜콜한 것까지 다 알아낼 수 있지만 친어머니에 대한 모욕이라는 생각 때문에 그러고 싶지는 않았다.

한영선은 강도와 마주 앉아서 두 손을 잡았다.

"그동안 어디에서 어떻게 살았니?"

그녀로서는 궁금한 것이 한두 가지가 아닐 것이다.

세상에 부러울 것이 없을 만큼 행복했던 그녀가 가장 불행한 여인으로 추락한 것은 한순간이었다.

목숨보다 더 소중했던 남편과 아들이 갑자기 사라졌으니 그녀에겐 하늘이 무너지는 절망이었을 것이다.

"어머니."

강도는 어머니를 헌신짝처럼 내버린 아버지 박형식, 아니, 디오가 원망스러웠다.

강도가 디오가 된 것은 19년 전부터다.

그러므로 그 이전에 일어났던 일들은 모두 디오의 책임이다.

디오는 현 세계에서 인간들의 삶을 향유하고 즐기며 살면서도 인간들에게 진정한 사랑과 책임감은 느끼지 않는 것 같았다.

그게 바로 디오와 강도가 분명하게 다른 점이었다.

"그래, 준영아."

한영선은 여전히 눈물을 흘리고 있으며, 강도의 두 손을 꼭 잡은 채 그를 바라보았다.

마치 강도에게서 시선을 떼고 손을 놓으면 이것이 하나의 꿈인 양 사라져 버리기라도 할 것 같은 모양이다.

강도는 한영선을 위해서 거짓말을 하여 둘러댔다.

당시에 아버지 박형식은 불치의 중병에 걸렸으며, 어머니에게 부담을 주지 않으려고 어린 아들을 데리고 할머니 댁으로 갔다고 했다.

아버지는 병원에 입원했다가 곧 돌아가셨고, 오래지 않아서 할머니도 돌아가셔서 강도는 양부모에게 맡겨져 지금까지 살아왔다고 설명했다.

강도는 거짓말하는 걸 싫어하지만 어머니가 큰 상처를 받을까 봐 사실대로 말할 수가 없었다.

박형식과 자신에 대해서 거짓말로 설명을 하는 동안 강도는 한영선이 눈곱만큼도 불신하지 않고 모두 믿으면서 자신보다는 오히려 박형식과 강도가 불쌍하다고 서럽게 통곡하는 것을 보고는 가슴이 아렸다.

그러면서 강도는 자신과 디오의 차이를 더욱 분명하게 느낄 수 있었다.

디오와 강도는 근본부터 다른 종족이었다.

강도는 한영선을 뿌리치고 일어서지 못했다.

그는 말할 수 없이 잔인하고 냉정한 사람이지만 세상에서 가장 연약한 것 같은 한영선 앞에서는 한없이 약해졌다.

한영선은 박형식이 구해준 이 한옥에서 혼자 27년째 살고 있었다.

그래도 박형식은 그녀가 평생 돈 걱정하지 않고 살아갈 수 있을 만큼의 재산을 남겨주었는데 그것이 그가 한 일 중에서 가장 잘한 일이었다.

한영선은 부모님이 아직 살아 있으며 형제들도 있지만 그들이 함께 살자는 것을 뿌리치고 지금껏 혼자 살았다.

언젠가는 남편과 아들이 돌아올 것이라는 믿음이 오늘날까지 그녀를 지탱해 준 힘이었다.

한영선은 강도가 자신에게 아주 돌아왔다고 믿었다.

그녀는 정말이지 세상의 티끌조차도 묻지 않은 순수함의 극치 같은 성품이다.

과연 디오가 흠뻑 빠질 만한 미모와 성품을 지녔다.

한영선은 강도에게 밥을 해주려고 부엌으로 갔다.

이 집은 대청마루 바깥에 부엌이 있는 옛날식 구조다.

그녀는 식사를 준비하면서도 젖은 손을 행주치마에 닦으면서 강도가 있는 안방으로 들어왔다.

"조금만 기다려라, 준영아. 엄마가 맛있게 저녁 해줄게."

그녀는 젖은 손으로 강도 앞에 무릎을 꿇고 앉아서 그의 손을 잡고 너무도 행복한 미소를 지었다.

그녀는 강도와 같이 있고 싶어서 밥을 하는 시간마저도 아까워하는 것 같았다.

그런 상황인데 강도가 어떻게 매몰차게 일어날 수 있겠는가.

아니, 그런 이유가 아니더라도 강도 자신이 어머니하고 이렇게 빨리 헤어지고 싶지가 않았다.

강도와 한영선은 식사를 한 후에 마당의 의자에 나란히 앉았다.

작은 마당에는 한영선이 가꾼 작은 나무들이 오밀조밀하게 모여 있으며 초겨울이라서 잎은 없고 가지만 앙상하다.

강도 손을 꼭 잡고 있는 한영선의 손이 차가웠고 약간 추위에 떨고 있는 게 전해졌다.

"추우세요?"

"조금 춥지만 괜찮아."

강도가 물으니까 한영선은 그에게 살포시 기대며 해맑게 미소 지었다.

"내가 추위나 더위를 많이 타거든."

"제가 춥지 않게 해드릴게요."

강도는 잡은 손을 통해서 부드러운 기운을 그녀의 체내로 주입시켰다.

그러자 그녀는 곧 깜짝 놀라는 표정을 지었다.

"어쩜… 춥지 않아."

강도는 온화하게 미소 지었다.

"이제부터는 겨울에는 춥지 않고 여름에는 덥지 않으실 겁니다."

한영선은 깜짝 놀랐다.

"어떻게 그럴 수 있니?"

"제가 약간의 재주를 갖고 있어요."

"그래?"

한영선은 눈을 크게 뜨고 신기하다는 듯 강도를 바라보았다.

하지만 그녀는 강도가 신일 것이라고는 추호도 생각하지 않았다.

그녀는 강도의 손을 쓰다듬었다.

"그렇지만 나는 겨울에는 춥고 여름에는 더운 것이 좋아."

"왜 그렇죠? 춥지 않고 덥지 않은 게 좋지 않아요?"

한영선은 자상한 미소를 지었다.

"사람이라면 겨울에는 춥고 여름에는 더워야 하는데 그렇지 않으면 이상하잖니?"

"그게 이상한가요? 좋지 않은가요?"

"겨울이 가면 봄이 오고 또 여름과 가을이 차례로 찾아오는 것이 자연의 섭리잖니?"

"그렇죠."

"아기가 태어나고 어른이 되고 나이를 먹으면 늙어서 수명이 다해 자연으로 돌아가는 것도 자연의 섭리지."

강도는 고개를 끄떡였다.

"그런 거야. 겨울이 오면 추운 것이고 여름이 오면 더워야 정상이지."

"안 그러면 비정상인가요?"

한영선은 맑게 웃었다.

"추위와 더위를 느끼는 것도 인간의 권리인데 그걸 못 느끼게 되면 비정상이겠지?"

강도는 뭔가 알 것도 같은 기분으로 고개를 끄떡였다.

"그렇군요."

강도는 한영선에게 휴대폰 번호를 가르쳐 주고 자정이 다 돼서야 어머니 집을 나섰다.

어머니와 함께 있는 동안 강도는 이제껏 느껴보지 못했던 편안함과 따뜻함을 맛보았다.

길러주신 부천 어머니에게는 조금 미안한 마음이지만 친어머니라서 그런 것을 느낀 것 같았다.

부천 어머니는 그래도 남편, 자식들하고 같이 살았으니까 외롭지는 않았다.

그렇지만 한영선은 이유도 없이 갑자기 집을 나간 남편과 아들을 기다리면서 이날까지 혼자 살아왔다.

그래서인지 강도는 한영선에게 더 애틋함을 느꼈다.

돈암동 언덕길을 내려오면서 강도는 또 한 가지 사실을 깨달았다.

그가 친어머니를 만나고 있는 동안에는 아버지 박형식 즉, 디오의 성격이 매우 희박했다는 사실이다.

과거의 아내인 한영선을 만나는데도 디오는 일말의 감정도 없는 것처럼 메말랐다.

반대로 송자현을 만나서 섹스를 하고 그녀와 즐거운 시간을 가질 때는 유빈의 강도가 잠잠했었다.

서로 암묵적으로 어떤 암시가 오고간 것인가?

그러나 강도의 기억으론 암묵적 암시 같은 건 전혀 없었다.

그렇다고 강도 속에 두 개의 강도가 따로 있는 것 같지는 않았다.

강도는 하나다. 디오가 강도고 강도가 디오다. 그것은 변함없는 사실이다.

그가 송자현을 생각하고 그녀와 즐겼으며 또한 바로 그가 친어머니 한영선을 만나고 포근함을 느꼈다.

그리고 결정적인 증거가 하나 있다.

만약 그에게 두 개의 강도가 존재한다면 송자현과 한영선을 만났을 때 서로 거부감을 느꼈어야 하는데 그런 게 전혀 없이 자연스럽게 받아들였다.

그러니까 강도는 하나다.

다만 이중성을 지니고 있을 뿐이다.

강도는 부천 집으로 향했다.

지금쯤 측근들이 다들 영종도 총본에서 그를 기다리고 있을 텐데 그걸 알면서도 부천 집으로 갔다.

강도는 오늘 밤에 무림에서 신군성의 고수들을 현 세계로 데려오는 일을 실행하려고 측근들에게 준비를 한 후에 대기하라고 명령했었다.

그런데도 정작 본인은 그걸 알면서도 부천 집으로 갔다.

유빈과 엄마, 강주, 얏코 등은 평소와 다름없이 한바탕 소란을 떨면서 강도를 반갑게 맞이했다.

오늘 밤에는 밤늦게까지 유빈의 부모도 강도네 집에서 함께 식사를 하고 술을 마시면서 한 가족처럼 즐거운 시간을 보내고 있었다.

그런데 평소의 강도 같았으면 가족들과 장인, 장모를 대하면서 더없이 기꺼운 마음이었겠지만 오늘은 이상하게도 그저 데면데면했다.

조금 전까지 친어머니 한영선하고 같이 있다가 왔기 때문일 것이다.

그런 마음을 감추고 위선을 떨기에는 강도는 지나치게 인간적인 성격이다.

그러는 바람에 장인, 장모가 멋쩍어했으며 그 때문에 유빈과 가족들은 괜히 미안해서 어쩔 줄을 몰랐다.

강도가 유빈하고 나란히 침대에 누운 시간이 새벽 1시 30분이다.

팬티만 입은 강도는 똑바로 누웠고, 속옷만 입은 유빈이 그를 보고 옆으로 누워 그의 가슴을 손으로 쓰다듬었다.

평소 같으면 강도가 팔베개를 해주었을 텐데, 아니, 눕자마자 유빈에게 달려들어 벌써 한바탕 폭풍우를 일으켰을 텐데 그는 잠자코 천장만 응시하고 있다.

"여보."

평소하고는 다른 강도가 뭔가 이상하다는 생각에 유빈이 조심스럽게 불렀으나 그는 듣지 못한 듯 천장의 한곳만 응시하고 있다.

유빈은 강도의 이런 모습을 한 번도 본 적이 없었다.

신군성에서 3년 동안 같이 살면서 아무리 큰일이 벌어져도 유빈에 대한 마음은 한결같았던 그였다.

슥—

유빈은 상체를 일으켜 그를 내려다보며 걱정스러운 표정을 지었다.

"여보, 무슨 일 있어요?"

"응?"

강도는 정신을 차리고 유빈을 바라보았다.

"당신 다른 사람 같아요."

'다른 사람'이라는 말에 강도는 갑자기 정신이 번쩍 들었다.

지금 그는 다른 사람이기도 했다.

강도이면서 디오이기 때문이다.

어제까지만 해도 그는 자신이 디오이고 디오가 자신이라고
믿었다.

그런데 지금은 디오와 강도가 다른 존재처럼 느껴졌다.

유빈은 상체를 강도 가슴에 얹고 두 손으로 그의 뺨을 잡
고는 부드럽게 입술을 비볐다.

"고민이 있으면 저에게 말씀하세요. 혹시 도움이 될지 누가
알아요?"

그녀의 말을 듣고 강도는 문득 자신이 지금 해야 할 일이
무엇인지 깨달았다.

그는 유빈을 끌어올려 자신의 몸 위에 얹고 두 손으로 엉덩
이를 쓰다듬으며 키스를 했다.

"으음……."

유빈은 그가 혀를 빨고 두 손을 팬티 속으로 집어넣어 엉덩
이를 어루만지자 비로소 안심이 됐다.

강도는 유빈의 혀를 풀어주었다.

"유빈, 총본에 갔다 와야겠어. 무림에 가서 신군성에서 수하들을 데려오려고 총본에 측근들을 대기시켜둔 상황이야."

"어머? 그런데도 집으로 곧장 오신 거예요?"

강도의 손은 유빈의 팬티를 벗기고 있다.

"그래. 유빈하고 한번 하려고."

"어머, 이이가……."

강도는 그렇게 둘러댔다.

어제 뭄바 송자현과 뜨겁게 섹스를 했던 그 몸으로 이번에는 유빈과 섹스를 하고 있는 강도다.

지상에서 가장 완벽한 육체와 아름다움을 지니고 있는 송자현을 유린했던 그는 무림에서 천하제일미로 불리던 유빈의 눈부신 육체를 짓밟으면서도 전혀 가책을 느끼지 못했다.

다만 냉철한 정신을 갖고 있을 뿐이다.

강도는 촉촉하게 젖은 유빈의 몸속으로 들어가면서 아까 송자현의 몸속으로 들어갔던 기억이, 아니, 느낌이 생생하게 떠올랐다.

그렇지만 송자현과 유빈은 전혀 다른 느낌이었다.

유빈이 일깨워 주지 않았다면 측근들은 밤새 총본에서 강도를 기다리고 있었을 것이다.

강도가 총본 통제실에 나타나자 여기저기에 앉거나 서서 기다리고 있던 측근들은 크게 한시름 놓은 표정이다.

그렇지만 강도는 썩 내키지 않는 마음으로 자리에 앉았다.

그는 디오가 이 일을 내켜하지 않는다는 사실을 감지했으면서도 그에 대항하지 않았다.

강도의 또 다른 강도 디오는 송자현을 만난 이후부터 현 세계가 직면한 상황에 빠르게 소극적이 되어가고 있었다.

그런 디오의 소극적인 자세는 강도에게 그대로 이어졌다.

그래서 그는 마치 오늘 밤 안으로 밀린 숙제를 꼭 해야만 하는 게으른 학생의 기분이 되었다.

강도는 현 세계가 처해 있는 상황에 대해서 누구보다도 잘 알고 있다.

그가 송자현을 만나 극적으로 화해함으로써 요계는 해결되었다고 하지만 마계를 상대하기 위해서는 무림 고수들을 데려와야만 한다.

마계가 다시 침공하면 군대로는 절대로 그들을 막을 수가 없었다.

오로지 무림 고수들로만 마계를 상대할 수 있으며 그걸로도 부족한 상황이다.

옥령과 구인겸 등 삼맹의 부맹주들과 측근들은 월계를 가

동해 놓고 강도를 기다리고 있었다.

다들 강도의 눈치를 살피면서 그가 어떤 명령을 내리기를 기다렸다.

영리한 옥령은 강도의 행동이 평소하고는 다르다는 사실을 감지했다.

강도가 뭄바를 한남동 저택에 불쑥 데리고 온 이후부터인 것 같았다.

'요계를 걱정하지 않아도 되니까 느긋해지신 건가?'

그러나 옥령이 알고 있는 강도는 절대 그런 성격이 아니다.

해야 할 일을 놔두고 미적거리는 성격이 아니라는 걸 옥령은 누구보다 잘 알고 있다.

그런데도 강도는 자리에 앉아서 여유를 부리며 한없이 느긋하기만 하다.

더구나 평소에 피우지 않던 담배까지 부하에게 하나 얻어서 피우고 있지 않은가.

'무슨 일이 있다.'

옥령은 그렇게 판단하고 자신이 나서야겠다고 마음먹었다.

옥령은 강도에게 전음을 해서 옆방으로 불러냈다.

탁—

문을 닫고 옥령은 호신막을 일으켜서 자신과 강도 주위를 감싸서 대화를 다른 사람들이 듣지 못하도록 했다.

"주군, 왜 그래요?"

그녀는 진지한 얼굴로 다짜고짜 물었다.

"뭐가?"

그렇게 반문할 때까지도 강도는 자신에게 어떤 문제가 있는지 자각하지 못했다.

옥령은 날카로운 눈빛으로 강도를 주시했다.

"지금 주군의 행동이 주군답지 않은 거 모르세요?"

"나답지 않다고?"

옥령은 강도가 생각하고 있는 것 이상으로 영리한 여자다.

"주군, 뭄바하고 어떤 관계죠?"

그녀는 강도가 송자현하고 보통 사이가 아닐 것이라고 짐작했다.

송자현이 내내 강도에게 찰싹 붙어 있었고 틈만 나면 그에게 스킨십을 했으며 그를 바라보는 눈빛에는 또 얼마나 따스한 정이 담겨 있었는지 옥령은 결코 놓치지 않았었다.

"그녀는 내 부인이야."

강도가 태연하게 말하자 옥령은 흠칫했다.

"그럼 신후는 주군에게 뭐죠?"

강도는 조금 애매한 표정을 지었다.

"유빈도 내 부인이지."

대답을 하면서 강도는 자신이 누굴 더 사랑하고 있는지 어이없는 생각을 해보았다.

옥령은 강도에게 무슨 문제가 생겼는지 근사치까지 거의 분명하게 알아냈다.

"주군, 지금 디오예요? 아니면 절대신군인가요?"

"나……."

옥령의 송곳처럼 예리한 질문에 강도는 송곳에 찔린 것 같은 표정을 지었다.

옥령은 부인 뭄바와 결합한 디오가 느긋해질 수 있다는 생각을 했다.

그리고 그것 때문에 강도 역시 휩쓸려서 느긋해졌을 수 있다는 추측을 했다.

강도가 디오라고 믿는 옥령은 현재 강도의 상태가 어떤지 정확하게 알지 못한다.

하지만 뭄바 때문에 그가 나태해졌다는 사실은 짐작할 수 있다.

"정신 차리세요, 주군. 당신은 우리 모두의 운명을 쥐고 계신 절대신군이에요."

"알아."

강도는 건성으로 고개를 끄떡였다.

"요계는 그렇다 치고 아직 마계가 남아 있잖아요!"

답답해진 옥령은 거의 고함을 질렀다.

"옥령."

"그리고 만약 뭄바가 주군에게 사기를 치고 있는 거라면 어쩔 건가요? 도대체 뭘 보고 요계가 침공하지 않을 거라고 믿는 거죠?"

"……."

그 말에 강도는 미간을 좁혔다.

"뭄바는 거짓말하지 않아. 신은 거짓말하지 않는다."

옥령은 정신을 가다듬었다.

"요계가 무엇 때문에 현 세계에 나오려는 거랬죠?"

"외방계가 황폐해졌기 때문이야."

"황폐해진 외방계가 다시 좋아졌나요?"

"그런 말은 없었어."

강도는 옥령이 무슨 말을 하려는지 읽었다.

황폐해진 외방계가 좋아진 것도 아닌데 요족이 외방계로 돌아간다는 것이 이치에 맞지 않는다는 것이다.

요계의 근본적인 문제가 사라지지 않았는데도 불구하고 뭄바가 그들에게 현 세계에 절대 나와서는 안 되고 지금까지처럼 외방계에서 계속 살 것을 강요한다면 거센 반발에 부딪칠 것은 자명한 일이다.

"그리고 마계의 재침공을 준비해야 되지 않나요?"

옥령의 생각과 그녀의 답답한 마음까지 읽은 강도는 정신을 추스렸다.

그는 자신이 디오의 느긋함에 편승하고 있다는 사실을 조금쯤은 자각하고 있던 터였다.

지금 그에게 가장 절실한 것은 디오를 극복하는 것이다.

"그래. 이모 말이 맞다."

그는 디오에게 묻혀 있던 강도를 일깨웠다.

그러자 깊은 겨울잠에서 깨어나듯 두꺼운 얼음을 깨고 절대신군 이강도가 부스스 고개를 들었다.

그는 옥령 어깨에 손을 얹었다.

"무림에 가야겠어."

옥령은 비로소 환한 표정을 지었다.

"그러셔야죠."

바닥에서 30㎝ 높이의 둥근 단 위에 강도와 옥령 두 사람이 올라서 있다.

두 사람은 무림으로 월계할 준비를 마치고 기계를 조작하고 있는 천룡을 쳐다보았다.

"천룡, 시간 정확하게 맞췄어요?"

옥령의 물음에 총본을 총괄하고 있는 천룡은 모니터를 보면서 대답했다.

"무림 시간으로 주군께서 현 세계로 오신 날 오후로 맞춰놓 았소."

천룡은 강도가 신군성을 떠나고 나서 한 시간 후에 뒤따라 서 현 세계에 왔다고 했다.

구인겸을 비롯한 삼맹 부맹주들과 태청 등 질풍대원들, 그 리고 음브웨가 일정한 거리를 두고 강도와 옥령을 지켜보고 있다.

천룡은 강도를 주시하며 그의 명령을 기다렸다.

강도는 우뚝 서서 주위를 한 차례 둘러보고는 고개를 끄떡 였다.

"실행해라."

천룡이 기계 앞에 앉아 있는 요원들에게 명령했다.

"월계 전송!"

요원들이 일제히 복창했다.

"월계 전송!"

순간 강도와 옥령이 올라 서 있는 단에서 눈부신 광채가 위로 뿜어졌다.

파아앗!

눈부신 광채 때문에 강도와 옥령의 모습이 보이지 않았다.

스우우…….

강도와 옥령은 어느 장소에 나타났다.

"아……."

겁이라고는 없는 옥령이지만 2017년에서 1325년으로 거의 7백여 년 전의 과거로 타임 슬립하는 것이라면 얘기가 달라진다.

옥령은 앞에서 강도와 마주 보는 자세로 두 팔로 그의 허리를 꼭 끌어안은 채 밀착하고 있다.

그렇지만 그녀는 경황 중이라서 그런 건 눈에 들어오지 않고 멍한 얼굴로 주위를 두리번거렸다.

"여긴… 명상의 방 같아요."

옥령의 말이 아니더라도 강도는 이곳이 그가 무림에서 마지막으로 목소리뿐인 사부와 대화를 하러 들어갔다가 느닷없이 현 세계로 전송됐던 일명 '명상의 방'이라는 것을 도착하자마자 알아차렸다.

강도와 옥령은 예전 이곳에 있을 때의 복장으로 변해 있다.

또한 조금 전까지 짧았던 강도의 머리카락은 길어져서 깔끔하게 상투를 튼 모습이다.

강도는 천천히 실내를 둘러보다가 무림에 오면 제일 먼저 확인하고 싶었던 것을 시도해 보았다.

"수노."

강도의 잔잔한 목소리가 명상의 방을 나직이 울렸다.

그는 디오의 영인 수노, 스피리토를 만나고 싶었다.

그러나 아무런 반응이 없다.

명상의 방은 쥐 죽은 듯이 고요하다.

강도는 입술 끝을 슬쩍 말아 올리며 엷은 미소를 지었다.

"스피리토."

옥령은 강도가 '수노'라고 하더니 또 '스피리토'라고 부르는 소리를 듣고 그의 허리에서 팔을 풀었다.

"무슨 말씀이에요?"

그때 허공을 자늑자늑 울리는 목소리가 들렸다.

―오셨습니까?

강도 입가에 미소가 떠올랐다. 과거 그가 들었던 목소리뿐인 사부의 바로 그 목소리였기 때문이다.

그러나 옥령의 귀에는 아무 소리도 들리지 않았다.

강도는 마침내 디오의, 아니, 자신의 영이며 정신인 스피리토를 만났다.

강도는 조금 전까지만 해도 모르고 있었던 사실 하나를 스피리토를 만나면서 새로 알게 되었다.

그것은 스피리토 혼자서는 월계를 이용하여 타임 슬립을 할 수 없다는 사실이다.

또한 무림의 사람들이 현 세계로 올 때 스피리토가 그들과 함께 올 수도 없다.

스피리토는 반드시 디오가 와서 데려가야만 한다.

또한 예전에 디오가 안배를 하는 과정에 200년경의 무림으로 와서 스피리토를 이곳에 남겨두고 떠났다는 것이다.

그래서 디오는 현 세계에서 탁월한 자질의 사람들을 무림으로 보냈으며, 스피리토는 이곳에서 정신과 목소리만으로 그들을 훈련시키고 조직을 이루었던 것이다.

스피리토가 이곳에 왔을 때에는 무림이라는 세계가 막 시작되고 있었다.

그는 장장 1125년 동안 무림에 있으면서 치밀하고도 탄탄한 기반을 다져놓았다.

1125년이라고 하지만 현 세계의 시간으로 치면 불과 17시간이며 채 하루가 되지 않는다.

현 세계에서의 1분이 무림에서는 1년이기 때문이다.

강도는 문을 향해 천천히 걸음을 옮겼다.

"지금은 어떤 상황이지?"

─제가 당신께 들어가겠습니다.

강도는 문을 나서며 고개를 끄떡였다.

"그게 좋겠군."

스피리토가 강도에게 들어오면 비로소 완전체가 된다.

옥령이 강도를 따르면서 두리번거리며 물었다.

"주군께선 누구와 대화하는 건가요?"

그때 강도는 스피리토가 자신에게 들어온 것을 느꼈다.

완벽하게 모든 것을 다 알게 되었기 때문이다.

현 세계와 무림에 대해서, 그리고 디오를 비롯한 뭄바와 이슈텐의 전쟁, 그리고 그들이 어디에서 왔으며 어디로 갈 것인지에 대한 모든 것을 한순간에 알게 되었다.

드넓은 대연회장에는 주연이 준비되어 있었다.

절대신군에게 충성을 맹세했던 무림 각 방면의 100여 명, 정확하게 108명은 각자의 자리에 질서 정연하게 앉아서 절대신군이 등장하기를 기다리고 있다.

수백 명의 시녀들이 온갖 산해진미들을 차려놓고 탁자 주위에서 대기하고 있다.

그때 누군가 우렁차게 외쳤다.

"신군께서 오셨습니다!"

그러고는 측면의 문이 활짝 열리더니 강도가 들어섰고 그 뒤를 옥령이 따랐다.

그러자 108명이 일제히 우르르 자리에서 일어섰다.

108명이 있는 곳 전면의 단 위에는 커다란 태사의가 두 개 놓여 있으며 그 앞 흑단목으로 만든 큰 탁자에도 미주가효가 차려져 있다.

강도는 더할 수 없이 강건하고 눈부신 위엄을 흩뿌리면서 걸어와 태사의에 앉았다.

원래 두 개의 태사의에 강도와 유빈이 앉아야 하는데 강도 혼자만 앉았다.

하지만 다들 조금쯤 이상하다고 여길 뿐이지 크게 문제 삼지 않았다.

강도 뒤쪽에는 천룡을 제외한 삼대천왕 백호, 현무, 주봉, 옥령이 나란히 일렬로 서 있다.

강도는 단하 가장 가까운 곳에 서 있는 5명을 바라보았다.

"너희 5명은 올라오라."

정, 사, 마, 녹, 요의 우두머리 5명은 어리둥절한 얼굴로 조심스럽게 강도를 쳐다보았다.

강도는 가볍게 고개를 끄떡였다.

"나하고 함께 마시자."

그의 말에 5명의 우두머리들은 물론이고 다른 103명도 크게 놀랐다.

놀라기는 삼대천왕도 마찬가지다. 하지만 절대신군의 입에서 명령이 떨어졌으면 무조건 따라야 한다.

백호가 앞으로 나서 단하의 5명을 엄하게 꾸짖었다.

"너희들은 신군의 말씀을 못 들었는가?"

5명은 움찔 놀라서 서로 눈치를 살피더니 곧 주춤거리며 단상으로 올라왔다.

2시간쯤 지났을 때 5명의 우두머리들은 긴장이 어느 정도 풀어졌다.

그리고 어느 순간 강도는 5명의 우두머리들을 비롯한 108명 전부의 뇌리에 일부분의 지식을 심어주었다.

미래의 인류가 위험에 봉착했으므로 이 시대의 무림 정예 고수들이 미래로 가서 후손들의 천하를 구해야 한다는 것.

미래에 가서 지켜야 할 기초적인 상식들.

그리고 맞서 싸워야 할 마계와 요계에 대한 지식들이다.

"들어라."

강도는 조용히 입을 열었다.

모두들 숨죽이고 그를 주시했다.

"내가 천하를 일통한 이유는 바로 미래의 천하를 마계와 요계로부터 구하기 위해서였다."

나직한 목소리지만 모두의 귀에 또렷하게 들렸다.

"나는 1125년 전부터 무림을 지켜왔으며 미래로 데려갈 고수들을 양성하기 위한 기반을 마련했었다."

그렇다면 절대신군의 나이는 1,000살이 넘는다는 뜻이다.

좌중에 질식할 것 같은 고요가 흘렀다.

"하오면……."

그때 강도와 합석한 5명 중에서 마도지존인 천마황(天魔皇)이

조심스럽게 입을 열었다.

"신군께선 누구십니까?"

듣기에 따라선 어이없는 질문일 수도 있다.

절대신군이 절대신군이지 누구겠는가.

그러나 그 질문에 대해서 강도는 간단명료하게 대답했다.

"신이다."

그러자 좌중 여기저기에서 탄성이 쏟아져 나왔다.

천마황 때문에 용기가 생긴 요도지존 요선제(妖仙帝)가 아리따운 얼굴에 한 겹 두려움을 깔고 강도를 바라보았다.

"외람되오나 신군께서 인간이 아닌 신이라는 증거를 보여주실 수 있나요?"

강도로서는 짐작하고 있던 바다.

강도는 무림의 절대자로 군림했지만 그렇다고 해서 신은 아니다.

신은 조물주이며 창조주이고 무림인들에겐 옥황상제나 부처님 같은 존재인 것이다.

강도는 요선제를 응시했다.

"무얼 원하느냐?"

좌중의 108명은 눈도 깜빡이지 않고 강도와 요선제를 뚫어지게 주시했다.

요선제는 인간으로서는 절대로 할 수 없는, 그리고 평소 자신의 소원을 말했다.

"15년 전에 돌아가신 사부님을 뵙고 싶어요."

그러자 좌중에서 '아!', '오!' 하는 탄성이 흘러나왔다.

요선제의 요구는 말도 되지 않았다.

15년 전에 죽은 사부를 어떻게 보여준다는 말인가.

그렇지만 강도가 그것을 이룬다면 그가 인간이 아닌 신이라는 사실을 모두 믿게 될 것이다.

"요선."

강도의 조용한 부름에 요선제를 당황해서 급히 일어나 허리를 굽혔다.

"하… 명하세요."

"네가 사부와 같이 있었던 한때를 생각해라."

"네……?"

"네 사부가 누구인지 알아야 내가 데려올 것이 아니냐?"

"아…….."

일이 이쯤 되고 보니까 좌중의 모두는 미래가 어쩌고 하는 것보다 과연 절대신군이 15년 전에 죽은 요선제의 사부를 현실로 데려올 수 있느냐 없느냐에 관심이 집중됐다.

실제 나이가 58세지만 겉모습은 25세 정도로 보이는 요선제는 긴장한 얼굴로 머리카락을 쓸어 올리며 눈을 깜빡거렸다.

그녀가 사르르 눈을 감자 기다렸다는 듯이 머릿속에 사부와 술을 마시던 20년 전의 어느 날이 떠올랐다.

강도는 요선제의 머릿속을 환하게 들여다보았다.

그러고는 그녀의 머릿속에 떠올라 있는 사부를 형상화해서 끄집어냈다.

눈을 감고 있는 요선제를 제외한 좌중의 107명은 숨을 죽인 채 강도를 주시했다.

그리고 어느 순간 모두들 눈을 찢어질 듯이 부릅뜨며 자리를 박차고 일어섰다.

앉아 있는 강도 옆에 느닷없이 한 명의 여자가 귀신처럼 나타난 것이다.

연분홍 하늘하늘한 옷을 입은 여자는 눈을 이고 있는 것 같은 백발이며 주름 하나 없는 중년이었다.

요선제는 갑자기 어수선하자 극도로 긴장해서 조심스럽게 눈을 떴다.

그러고는 강도 옆에 서 있는 중년 여인을 발견했다.

요선제의 눈에서 왈칵 눈물이 쏟아졌다.

"사부님……."

중년 여인은 하늘하늘 걸어서 요선제에게 다가와 그녀의 손을 잡았다.

"순명(純明)아."

살아생전에 사부는 요선제의 이름을 불러주었다.

"으흐흑! 사부님……."

요선제는 와락 사부 품에 안기며 울음을 터뜨렸다.

그녀의 두 손에 그리고 온몸에 사부가 느껴졌고, 만져졌다.

『갓오브솔저』 7권에 계속…

초대형 24시 만화방

신간 100%, 샤워실, 흡연실, 수면실(침대석), 커플석, 세탁기 완비

▪ 시흥 정왕25시점 ▪

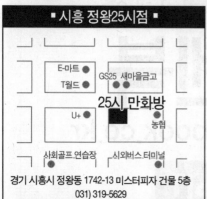

경기 시흥시 정왕동 1742-13 미스터피자 건물 5층
031) 319-5629

▪ 강북 노원역점 ▪

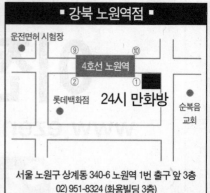

서울 노원구 상계동 340-6 노원역 1번 출구 앞 3층
02) 951-8324 (화용빌딩 3층)

▪ 일산 정발산역점 ▪

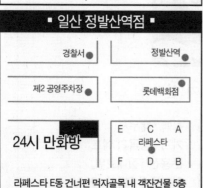

라페스타 E동 건너편 먹자골목 내 객잔건물 5층
031) 914-1957

▪ 일산 화정역점 ▪

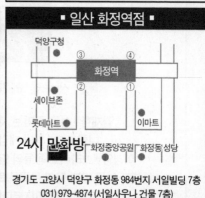

경기도 고양시 덕양구 화정동 984번지 서일빌딩 7층
031) 979-4874 (서일사우나 건물 7층)

▪ 부천 역곡역점 ▪

역곡남부역 기업은행 건물 3층
032) 665-5525

▪ 부평역점 ▪

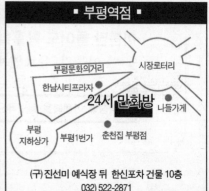

(구) 진선미 예식장 뒤 한신포차 건물 10층
032) 522-2871

전생부터 다시

FUSION FANTASTIC STORY

홍성은 장편소설

죽음으로 모든 걸 끝내고 싶지 않아
인간으로 환생하게 된 대마법사, 로렌 하트.

그러나 알 수 없는 괴물의 등장으로 인해 인류가 멸망해 버리고
홀로 살아남은 그는
고독과 외로움에 다시 한 번 더 환생을 결심하는데……

하지만 현생을 반복하는 것만으로는 의미가 없다.

시간을 되돌려 대마법사가 되기 전의 시절로 되돌아갈 것이다!

대마법사 로렌 하트, 전생부터 다시 시작한다!

Book Publishing CHUNGEORAM

유행이 아닌 자유추구 -
WWW.chungeoram.com

탑-레시피가 보여!

FUSION FANTASTIC STORY

레오퍼드 장편소설

잔혹한 음모에 휘말려 모든 걸 잃은
칼질의 고수, 요리사 강호검.
그의 앞에 두 가지 기적이 벌어졌으니!

"내 손… 하나도 안 떨잖아……."

인생의 전성기로 되돌아온 그와
그의 앞에 나타난 기물(奇物), 요리사의 돌!

"네가 최고의 요리사가 되는 것이
이 아버지의 꿈이란다."

돌아가신 아버지와 자신의 꿈을 좇아
그가, 세계 최고의 자리로 향하기 시작한다.

Book Publishing CHUNGEORAM